매우 탁월한 취향

매우 탁월한 취향

1쇄 발행 2021년 7월 1일

지은이 홍예진
펴낸이 정홍재

펴낸곳 책과이음
출판등록 2018년 1월 11일 제395-2018-000010호
대표전화 0505-099-0411 **팩스** 0505-099-0826
이메일 bookconnector@naver.com
Facebook · Blog /bookconnector

ISBN 979-11-90365-20-8 03810

책값은 뒤표지에 있습니다.
잘못 만들어진 책은 구입하신 서점에서 교환해드립니다.

책과이음 • 책과 사람을 잇습니다!

매우
탁월한
취향

*

홍예진 산문

책과이음

~~~~~~

근래 들어 많이 했던 생각 중 하나는 이야기에 관한 것이었다.

속에서 맴돌고 있던 이야기가 껍질을 뚫고 밖으로 나갔을 때 상하거나 변하지 않고 대상에게 도착하는지를 의심하며, 오래 그리고 자주 고민했다. 소통을 부르짖는 세상에서 정작 가장 힘에 부치는 건 바로 그 소통이라고 여긴 나머지 벽을 세워둔 채 의기소침해 있었던 것이다.

웅크리고는 있었다 해도 마음의 문 한쪽은 늘 빠끔히 열어두긴 했는데, 아마도 내 성정이 낙관을 포기할 만큼 염세적이진 않아서 여지를 남겨두었던 모양이다. 무엇보다 내게는 도구가 있었다. 결국 인간은 이야기를 하고 싶어 한다는 걸 깨닫게 하며,

서로에게 애정이 깃든 관심을 주고받을 수 있다고 희망하게 해주는 도구. 인간은 글이라는 도구를 통해 마음을 실어 나르며 타인이라는 땅에 발을 디뎌보기도 하니까.

글은, 더욱이 모국어는, 떠나온 저쪽과 발이 닿은 이쪽 사이에 드리워진 다리를 하염없이 왕복하는 내게 있어 신실하고 소중한 도구다. 다른 문법을 익혀 살아가야 하는 이곳에서도 나는 오래전부터 줄곧 쓰던 도구를 쥐고 산다.

도저히 정을 뗄 수 없어 항상 마음이 쓰이는 사람들에게, 나와 같은 도구를 쓰며 살아가는 사람들에게, 이야기가 날아갔으면 좋겠다. 혀끝에 매달린 채 밖으로 나가기만을 기다리고 있던 나의 이야기가.

차 례

유한한 시간의 여행
PART 1

매우 탁월한 취향
PART 2

낯선 타인의 위로

인간에 대한 믿음

유한한
시간의
여행

PART 1

첫사랑이 된 소설

그 시절의 나는 나를 점점 싫어하고 있었다. 사춘기로 접어들면서 어디선가 날아와 붙은 살이 설마 내 것이랴 당황스러웠고, 하이틴 로맨스를 책이랍시고 돌려 읽으며 시시덕대는 애들을 좀 깔보고 싶은데 걔들은 여전히 상위권 성적을 유지하고 있었던 터라 그것도 뜻대로 되지 않았다. 기가 꺾인 걸 감추기 위해 위악적으로 구느라 매사에 말이 곱게 나가지 않았고, 당연한 결과로 야단을 자주 맞으면서 부모님도 미워졌다. 말썽을 일으킨 적은 없지만 내면 자체로 보면 그야말로 시한폭탄이었다. 엄마 역시 속깨나 끓였을 거다. '건드려만 봐'를 얼굴에 써놓고 다니며 방에 들어가 문을 잠가버리는 중학생 딸이 있는데 왜 안 그랬겠는가.

중학교 3학년이 되자 엄마는 나를 미술학원에 다니게 하고 (나와 물리적 거리를 만들고), 방문 판매원을 통해 세계명화전집을 사들여 내 방 책장에 꽂아줬다. (피아노를 처음 배울 무렵엔 생일 선물로 무려 피아노 교재를 사주더니!) 엄마 딴에는 미술대회에서 상을 받아오곤 했던 초등학교 때의 나를 기억하고 시도해본 궁여지책이었을 거다. 그런데 엄마의 '사춘기 딸 정신 딴 데로 돌려놓기' 전략이 먹혀들었다. 훗날 미술 분야를 전공하게 된 내가 보티첼리며, 고갱이며, 뭉크를 만난 건 다 그 전집을 통해서니까. 게다가 다행히도 나는 밤늦게까지 틀어박혀 있어야 하는 화실을 좋아할 수 있는 아이였다.

화실이라고는 하지만 이젤과 석고상이 무수히 늘어서 있고 예술적 풍모의 턱수염 화가 선생님이 로댕의 조각처럼 고뇌하고 있는 곳은 아니었다. 대한민국의 수도권 신도시 1호였던 그곳에 늘어선 아파트들과 함께 계획 배치된 상가 중 하나에 입주한 예술혼 없는 미술학원으로, 낮에는 유치원이었다가 밤에는 입시 미술을 가르치는 학원이 되는 곳이었다. 미대 입시에 대해 잘 모르는 엄마가 급한 대로 집 근처에서 운영자의 학벌만 보고 택한 학원이었다. 석고상은 열 개가 채 되지 않았고, 중고생 대상 입시 미술을 가르치는 저녁 시간대에 오는 학생이라고는 나,

그리고 고등학생 언니 하나가 다녔다. 고등학생 언니는 사정상 격일로 왔으니 주중의 절반은 저녁 반 학생이 나밖에 없었다. 그러니 실상 수익은 낮에 운영하는 유치원에서 나왔을 텐데 나는 꿋꿋이 화실을 나가 선생님의 저녁 시간을 점령했다.

당시 미대를 석사과정까지 마치고 난 화실 선생님은 선배가 운영하다 자금난에 부딪혀 팔아야만 했던 화실을 인수해 운영을 시작한 바였다. 그곳에 예술혼이야 있든 없든, 나는 세련된 미대생 언니상의 전형인 선생님을 동경해 마지않았다. 선생님의 스타일링을 구경하는 재미 역시 내가 화실에 가기를 즐겼던 이유 중 하나였다.

화실은 총 10층쯤 되는 상가 건물의 꼭대기 층에 있었고, 안으로 들어서면 전면에 달린 커다란 창으로 건너편 산이 한눈에 들어왔다. 사실 풍경에는 무심했는데, 거기에 산이 있다는 걸 인지하게 해준 건 선생님이었다. 비만 오면 선생님이 그 창 앞으로 가 산과 마주 서서는, "아, 날씨 좋다!"라며 탄식을 뱉었기 때문이다.

비가 오는데 날씨가 좋다니, 기이한 반응이었다. 비가 오면 기분이 좋아지시는 거냐고 물었더니 선생님은 쉬우면서도 쉽지 않은 말로 대답했다. "비가 와서 기분이 좋아진다는 게 아니라, 비 오는 날이 좋은 거야." 듣고도 난해하긴 마찬가지였지만 기억해두기로 했다. 감수성의 우월함을 내세우고 싶을 상황에 써 먹으면 좋을 것 같으니 일단 접수. 아무튼 그 창 앞에 서 있던 선생님의 뒷모습과 비 오는 날의 정경은 내 머릿속에서 한 세트가 되어 웅크리고 있다가 이따금씩 걸어 나오곤 한다.

하지만 정작 그곳에서 내게 짧지만 강렬한 인상을 남긴 사람은 사실 다른 인물이었다. 당시의 내게는 어디선가 주워듣고는 읽어보려 무진 애를 쓰던 책이 있었는데 그건 바로 허세 필독서의 끝판왕, 니체의 책이었다. 물론 장렬히 중도 포기했다. 아무튼 그 책을 펼치기라도 해본 사람이라면 다 아는 '껍질에서 깨어나기' 과정이 내게 있었다 치면, 그 껍질이라는 것에 첫 타격을 가해 균열을 일으킨 문물과 그것을 발견하게 한 사람은 따로 있었다.

그 사람은 가끔 선생님이 바깥 볼일이 생겨 자리를 비우게 되면 화실을 지키곤 했다. 낮 시간에 운영하는 유치원 교사니까 그 사람도 선생님이긴 했다. 그런 날에는 '나의 선생님'이 볼일을 마치고 돌아오기 전까지 나와 그 유치원 교사 둘만 화실에 남아 있곤 했다. 중학생과 썰을 풀 마음 따위가 있을 리 없는 그녀는 대개 내 쪽은 보지도 않고 책만 읽고 있는 데다가, 선생님이 돌아오면 얼른 책을 덮어 가방에 집어넣고는 자리에서 일어나 귀가해버렸기 때문에 그녀가 말하는 걸 볼 기회는 거의 없었다. 그럼에도 불구하고 내가 그녀에게 관심을 기울였던 이유는 그 교사 역시 선생님 못지않게 옷을 세련되게 입는 여자였기 때문이었다. 당시 나는 '옷 잘 입는 예쁜 언니'들이라면 무조건 우러러보면서 그녀들의 차림새를 이십 대가 된 상상 속의 나에게 대입하고 앞으로 다가올 나의 '멋짐'을 예행연습하는 걸 즐겼다. 말하자면 그런 예쁜 언니들은 앞으로 업그레이드될(무슨 근거로?) 내 미래의 현신 같은 존재였다.

어느 날 그 유치원 교사가 자리를 뜬 후 나는 알맹이 없는 질문으로 호기심을 내비쳤다. 선생님 말에 따르면 그 교사는 정부종합청사가 들어서면서 신도시가 된 그 지역에서 태어나 자란 토박이이고, 따라서 오래전부터 그 지역에 있던 여고를 졸업한 사람이었다. 대상의 '신상을 까는' 선생님의 어조에서 속내를 읽기란 어렵지 않았다. 그러니까 그 교사는 원래 서울 사람도 아니고 최종학력은 고졸이라는 얘기다.

토박이라는 말과 함께 내비친 일종의 '얕봄'은 그 동네 아이들이라면 누구든 알아차릴 만한 것이었다. '원래는 서울 사람'인 아이들과 '토박이' 아이들이 섞여 어울리지 않는 분위기를 아는 그 지역 아이들이라면 말이다. 신도시가 들어서고 나서 서울에서 이주해 온 아파트 단지 아이들은 토박이 아이들을 원주민이라고 부르며 타종으로 분류했다. 선생님이 그 교사를 얕봤든 말든 내 호기심은 오히려 더 커져버렸다. 토박이인 데다가 대학 교육도 받지 않은 유치원 교사가 미대를 나온 서울 여자에 뒤지지 않는 '패피'라는 것이 흥미로웠기 때문이었다. 지금에 와서 생각해보면 그래 봐야 두 사람 다 멋 내는 걸 좋아하는 젊은 여자였을 뿐인데, 제아무리 조숙한 척을 해봤댔자 기껏 사람의 겉모습만 보고 호불호를 결정짓는 그때의 내 수준으로는 그랬다. 나는 좀 더 면밀히 그녀를 살피게 되었고, 그녀가 그즈음 읽고 있던 책 역시 예사로 지나치지 않았다. 한 번도 말을 섞어본 적이 없어 차마 묻지는 못했으나, 석고상과 이젤을 오가는 시선 사이로 흘끔흘끔 엿보다가 그녀가 책을 덮을 때 광속으로 읽어낸 제목이 《숲속의 방》이었다. 저자명에까지 시선이 닿지는 못했지만 제목과 어울리는 초록빛 표지가 선명했기 때문에 그 순간은 지금까지도 사진을 찍어놓은 듯 생생하다.

그맘때의 나는 용돈의 대부분을 LP를 사 모으는 데 쓰곤 했는데 그때는 돈이 생기자마자 레코드 가게 대신 서점으로 향했다. 그 소설은 당대 베스트셀러 중 하나였다. 제목, 표지, 강석경이라는 작가 이름까지 마음에 쏙 들었다. 무엇보다 동화책을 졸업하고 난 후, 엄마의 책꽂이에서 빼내 읽던 책들이니 몰래 읽던 여성 잡지들로 문자 갈증을 해소하던 내가 스스로 발견해낸 어른 소설이라는 사실 자체에 고무됐다. 흔들리던 시절의 의식에

문신처럼 새겨진 나의 첫 번째 '문학'과 나는 그렇게 만났다.《숲 속의 방》을 지금 접했다면 어쩌면 그때처럼 빠져들 수 없을지도 모른다. 주인공의 방황을 젊음 특유의 치기 어린 자의식 과잉으로 얄보며 난색을 표할 어른이 되어버린 걸지도 모르니까.

소설의 화자인 이십 대 여성 미양은 중산층 이상에 속하는 비교적 부유한 집안의 장녀다. 이 집에는 은행원인 미양 말고도 혜양과 소양이라는 이름의 대학생 딸 둘이 더 있는데, 어느 날 미양은 막내 소양이 부모 몰래 휴학을 한 사실을 알게 되고, 하루가 멀다 싶게 부모와 불화하던 소양이 기어이 학교를 거부하게 된 배경이 뭔지 추적하기 위해 소양의 행적을 좇는다. 미양이라는 삼인칭 관찰자가 소양의 내면에 돋보기를 들이대려는 시도에 관한 기록이 소설의 전체 내용을 이룬다.

1980년대 초반이 배경인 이 소설에 등장하는 세 자매를 주목해보면, 당대 이십 대의 유형 중 몇을 세 가지의 모델로 추려 만든 인물들이라는 걸 짐작할 수 있다. 음악을 전공하고도 은행에 취업할 만큼 실리에 밝은 미양, 남들이야 정의사회 구현을 위해 피를 흘리건 말건 분위기에 자극받는 일 없이 학업에만 충실한 우등생 혜양, 학생 운동의 취지에는 공감하지만 운동권은 자신에게 맞지 않는 곳이라 여겨 마음을 두지 못하는 소양. 셋 다 저마다의 이유로 운동권은 아니었던 시대의 대표 유형들이다. 동시에 그 시대의 운동권이 타도하던 자본가, 즉 저임금 노동 인력으로 공장을 돌려 이익을 내는 중소기업 대표의 자식들이다.

이 소설에 관해 나온 논평은 여러 가지다. 언니들과는 달리 이쪽(우)에도 저쪽(좌)에도 속하지 못해 비틀거리다 파멸해버리는 소양이라는 상을 내세워, 양극단에서 대립하는 진영의 입장과는 달리 대다수의 사람들은 '회색지대'에 서 있으며, 진실은 그 회색지대에 있다는 사실을 꼬집는다고도 하고, 부르주아의 입장을 대변하는 소설이라고 곱지 않게 보기도 한다. 사실 이 소설을 읽을 당시의 나는 플롯과 문장의 매력 자체에 마음을 빼앗겨 작품의 키워드인 '회색지대의 진실'에 대해서는 윤곽을 잡지 못했다. 그걸 이해하기에는 어리기도 했을 것이다.

그때든 지금이든 내가 주목한 것은 주류 평에서 조금 비켜 나 있다. 미양과 소양이라는 두 인물은 순수한 젊음과 기성세대로 진입한 현실감각이라는 갈래로 갈라진, 원래는 일체의 인격이라는 해석이다. 미양과 소양은 그 시대의 젊음이 처한 딜레마를 은유한 캐릭터라는 말이다. 소양은 《호밀밭의 파수꾼》에 나오는 홀든 콜필드처럼 위악을 가장한 순수이며, 미양은 현실과 타협한 기성세대로의 진입으로 놓고 이야기의 구성을 들여다보면 들어맞는다. 미양이 파멸 직전의 소양을 좇아 종로 바닥을 헤매고 다닌 시간이 바로 무던한 성격의 애인과 결혼하기 전날이며,

미양이 신혼여행에서 돌아온 날 밤에 소양이 자살한다는 설정이 그렇다. 순수한 마음에서 출발하는 불의에 맞서는 용기나 시대의 혼란과 의문 같은 건 더 이상 염두에 두지 않겠다는 미양의 한 걸음, 그 지점에서 소양이 죽는 게 우연한 구성일까.

이 소설에 대한 주된 해석은, 양쪽 이념의 극단성에 망가지는 청춘을 보여줌으로써 결국 진실은 그 중간에 서서 관조하는 회색인들의 것이라는 메시지를 전하고 있다는 것이다. 물론 작가의 의도는 그랬을 수도 있지만 내게 있어서는 '순수한 파멸 VS 타협과 맞바꾼 안식'에 방점이 찍힌다. 어느 쪽이 작가의 진짜 의도건 작가 손을 떠나 세상에 나온 이야기에 대한 해석은 제각각의 색채로 사고하는 독자 몫이니 정답을 찾아 동그라미를 치는 건 무의미할 수 있겠다.

무엇보다 이 소설은 구조의 밀도와 문장의 성숙도를 통해 견고한 가독성을 구축했으므로 숨겨진 의미는 차치하더라도 빼어나다. '담배 한 개비를 몰래 피우고 난 뒤 체리 한 알을 꺼내 물고 휘파람을 부는 종마 같은 처녀'라든가 '영혼의 사냥터에 과녁을 맞힐 것' 같은 표현을 짓는 작가의 솜씨에 매료된 나는 표지가 너덜거릴 때까지 그 책을 읽고 또 읽었다. 한 가지 책을 통한 반복 독서가 글쓰기 실력을 향상시켜준다는 연구 결과가 옳다면, 내게 그것을 물려준 책은 《숲속의 방》일 것이다.

지금에 와서 생각해보면 자라는 동안 여러 번의 신호가 있었지만 성장기에는 한 번도 작가가 되겠다는 꿈을 가져본 적이 없었다. 전공은 디자인이었고, 어른이 된 뒤에도 한참이 지나고서야 글을 쓰게 되었다. 이곳저곳 기웃거린 통에 초라하나마 (남들은 알아주지 않는) 나름의 작은 실적은 갖게 되었지만.

문학을 전공한 것도 아니고 게다가 외국에 살기 때문에 뭐 하나 막막하지 않은 게 없었지만 적어도 나는 지금 인생의 1번을 가진 사람이 되었다. 말할 것도 없이 그 1번은 '작가로서의 나'다. 문학상을 받았을 때 수상 소감에 쓰길, 내 문학 인생에 있어 불멸의 첫사랑은 박완서 작가님이라고 했다. 성장기의 문장 체험 대부분을 박완서 작가님의 바다에서 건져 올렸으니 왜 아니겠는가. 하지만 다시 보니 이렇게 정리하는 게 맞겠다. 박완서 작가님은 내 문장의 어머니고, 《숲속의 방》은 첫사랑이라고. 어머니는 영원하나 첫사랑은 가슴에 남는다. 화석처럼.

'적당히'가 안 되는 심장

철없던 시절, 심심풀이로 컴퓨터 사주풀이 같은 것을 보면 늘 모성이 강한 유형이라는 점괘가 나왔다. 나는 그게 거북했다. 현모양처를 꿈꿔본 적은 한 번도 없었으며, 여자들이 진출하기가 비교적 쉬웠던 교사나 간호사 같은 직종은 생각조차 해본 적 없는 나였다. 어릴 때부터 지나치리만치 장래희망 스케일이 큰 데다 또 그걸 피력하길 좋아해서 어린 동생으로부터 허황되다는 소리까지 들었을 정도인데 그런 나더러 '기껏 모성이나' 강하다니. 숭고함으로 치장되곤 하는 그 어휘가 어린 마음에도 남의 뒤치다꺼리나 할 깜냥이라는 판정처럼 여겨져 못마땅했다. 예쁘게 꾸미고 싶은 마음이나 '썸을 타고' 싶은 여성성은 한껏 발휘하고 싶으면서도 모성이나 살림꾼 기질과 연결되는 여성성은 나와 무관하길 바랐고, 혹여 내게 그런 게 있다 해도 굳이 들춰내고 싶지 않았다. 고작 살림하고 육아하는 것 정도를 인생의 축으로 삼고 사는 여자들은 애당초 나와는 다르게 생겨 먹은 열성 유전자들로 여겼다. 그렇기 때문에 어쩌다가 내게서 주부 성향 같은 게 튀어나오면 멈칫 경계하곤 했다.

유학 시절, 엄마가 나 살던 곳을 방문해서 함께 지낼 때인데, 혼자 쓰던 조그만 냉장고 속이 엄마가 가져온 밑반찬이나 건어물로 들어차 어수선해지자 나도 모르게 부산스러워졌다. 봉지째 넣어놓은 것을 도로 끄집어내 통 같은 곳에 옮겨 담아가며 법석을 떨고 있으니 엄마가 신경질을 냈다.

"적당히 좀 해. 내가 너 이런 거나 열심히 하라고 유학 보낸 줄 알아?"

비좁은 냉장고 칸 탓에 기껏 챙겨온 것들이 크게 환영받지 못하는 것 같아서 엄마가 뾰족하게 반응했을 수도 있다. 순간 정신이 번쩍 들었다. 혼자 사느라 어쩔 수 없이 처리해야 하는 일들을 하느라 살림꾼으로서의 여성성에 제동 거는 걸 깜빡했다는 걸 깨달았기 때문이다. 고백하건대, 실은 내가 아무리 열심히 짓누르고 부정해도 이 '모성형 혹은 주부형 여성성'은 시시때때로 튀어나왔다. 길에서 마주치는 유모차 속 아기들을 보면 귀여워서 어쩔 줄 몰랐고, 요리책 속 정갈한 음식 사진을 보면 만들어 보고 싶은 마음이 치받쳐 올라왔다. 사실 나는 어릴 때부터 동생들에게 간식 만들어주기를 즐긴 만딸이었다. 우리 엄마는 어차피 평생 하게 될 가사일, 어릴 때만이라도 공주처럼 살아보라고 딸들에게 심부름조차 잘 안 시키며 키웠는데도.

세계를 주름잡으며 살겠다는 어린 시절의 포부가 무색하게 졸업 후 나의 사회생활은 몇 년 못 가 종지부를 찍었다. 유학생의 배우자로 미국 생활을 시작하면서 커리어 단절을 조속히 맞기도 했고, 기왕 이렇게 된 것 아기나 빨리 가져야겠다고 계획해서 뜻대로 했다. 그러고는 독박육아를 하는 본격 전업주부로 살았다. 모유를 먹일 때 방싯 웃는 아기와 눈을 마주칠 때마다 환희에 젖었다. 등에 업힌 아기가 내가 불러주는 자장가를 들으며 달라붙어 있을 때의 밀착감은 내가 상상했던 것보다 훨씬 벅차고 사무치는 기쁨이었다.

물론 매일 해치워야 하는 일이 다 즐겁지는 않았다. 아니, 집안일이란 대개 무덤덤하게 해치우는 것이고 더러는, 아니 사실 꽤 자주 집어치우고 싶을 만큼 지겹다. 하지만 분명한 사실은 내가 육아와 살림을 기대했던 것보다 훨씬 열심히, 퍽 잘해내는 유형이라는 것이었다. 내게 내재된 모성과 살림꾼 기질의 뼈대는 단단했고, 그걸 인정하는 건 자부심과 자격지심을 함께 맛봐야 하는 과정이었다.

　이토록 힘든 일을 나만큼 잘하는 사람도 흔치 않을 거라는 프라이드와 내가 기껏 이런 일이나 잘하도록 설계된 피조물이었나 싶어 기가 죽는 콤플렉스의 양가적 감정이랄까. 전업주부란 이 두 가지 심리를 양손에 쥐고, 자존감을 세우기 위해 분투할 수밖에 없는 존재였다. 불쑥불쑥 맞닥뜨리는 좌절만으로도 감당이 쉽지 않은데 가끔씩 엉뚱한 곳에서 비수를 맞기도 해 심리의 저울이 균형을 잃고 한쪽으로 기울기도 한다. 특히 살림을 직접 할 수 없는, 혹은 직접 하지 않아도 되는 커리어 우먼들과의 대화는 지뢰밭이다.

　내가 직접 요리한 음식을 함께 먹을 때라든가 내가 가꾼 집 안을 구경하면서 찬사를 보내다가 그녀들이 덧붙이길 좋아하는 말이 있다. 자신들은 이런 걸 못하기도 할뿐더러 관심도 취미도 없어서 하고 싶은 마음조차 안 생긴다고. 살림에는 가치를 두지 않는다는 말로서, '너는 내가 조금도 하고 싶지 않은 일을 참 열심히도 하고 사는구나'라는 의미가 내포되어 있다고 느껴지곤 한다. 사실 이런 말을 해버리면 앞서 깔아놓은 찬사의 값어치는 제로섬이 된다.

　팽팽 돌아가는 눈치로 사회생활을 하는 사람들이 감각이 무뎌 실수를 하는 것은 아닐 텐데, 기어이 꼬리말을 붙여 상대의 심기를 건드려버리는 데는 나름의 이유가 있을 터다. 전업주부가 잘해내는 일을 깎아내림으로써 충족되는 보상심리에 그네들도 위안받는 것 아닐까. 사소한 말에 상처받는 전업주부의 자격지심, 육아와 살림에 소홀할 수밖에 없는 커리어 우먼의 내적 갈등, 이 두 감정의 충돌 지점은 사실 여자들이 공통으로 소유한 고민거리들이 서로를 마주 보는 좌표인데, 완벽한 해소 영역은 없다는 걸 알기에 그 언저리에서 맴돌며 우왕좌왕하다가 결국 서로를 할퀴는 것이다.

얼마전 〈더 와이프〉라는 영화를 봤다. 글을 쓰는 내게는 캐릭터 설정 자체가 자못 흥미로운 영화였다. 노벨문학상을 탄 작가의 아내 이야기라니, 남편 뒷바라지하느라 재능을 묵혀버린 여자의 일생에 관한 이야기이겠거니 짐작했다. 그런데 생각보다 큰 반전이 있었다. 영화가 클라이맥스로 치달을 무렵, 부부가 격렬하게 싸우는 장면에서 작가인 남편 조셉이 아내 조앤에게 물었다.

"그럼 대체 나를 왜 그토록 사랑한 거야? 당신 말대로 재능도 없고 형편없는 인간인 나를!"

그 순간 조앤의 얼굴에 떠오른 허망한 표정, 그리고 이어지는 간략한 대답. 그 장면은 이 영화가 말하고자 한 모든 것을 응축한 추가 되어 무겁고 황망하게 흔들렸다.

"나도 모르겠어……."

그렇다. 사랑을 다해 사랑하고, 그로 인해 스스로의 존재가 희미해지는 걸 감수해가면서 내어주고, 보살피고, 가정의 온기를 유지해주는 것. 그게 바로 이 모성형 여성성의 숙명 아니던가. 비슷한 시기에 봤던 〈알리타〉라는 영화에서도 같은 맥락으로 훅 들어오는 장면이 있었다. 연인 휴고가 원하는 게 자신의 심장이라는 걸 알게 된 사이보그 알리타. 그녀는 거침없이 제 가슴을 열어서 심장을 꺼내 휴고에게 내민다.

"가져. 네가 원한다면 얼마든지."

부끄러운 고백인데, 이 대목에서 나는 결국 눈물을 흘리고 말았다. 사랑하는 사람들을 위해 '적당히'가 되지 않는 모성과 여성성에 대한 애증 때문에. 동시에 사회의 테두리 밖에서 소진한 나의 시간이 쓰라리지 않다고 말할 자신은 없기 때문에.

재즈가 흘러나오는 집 앞에서

지난 밤 할 일이 있어 늦게 잠자리에 들었었다. 아침에 좀처럼 일어나질 못하고 있는데 작은아이가 내 침대맡으로 와서 귀엣말로 나를 깨웠다. "엄마, 일어나서 아침 먹어. 우린 아빠가 차려줘서 다 먹었고 엄마 것만 식탁에 남아 있어." 나는 좀 더 자고 싶었지만 아이가 귀여워서 냅다 목덜미를 낚아채 볼을 부벼대고는 그 참에 일어났다. 아래층으로 내려가보니 식탁 위에는 접시가 하나 놓여 있고, 그 위에 달걀 프라이 하나, 빵 한 조각, 그리고 사과 두 쪽이 있었다.

코로나 재택근무를 하는 남편이 삼식이는 면하겠다고 요즘 아침 식사는 준비하는데, 내가 하는 것만큼 만족스럽지는 않지만 그래도 눈뜨자마자 먹을 게 차려져 있고 커피가 내려져 있으면 기분이 좋긴 하다. 빵에 버터를 바르고 커피에는 크림을 부어 넣은 뒤 양손에 나누어 들고 창가로 갔다. 선 채로 마당을 보면서 빵을 먹고 커피를 마시고 있자니, 보스턴 근교의 허름한 아파트에 살던 신혼 때가 생각났다. 남편이 대학원을 다니며 받아오는 연구보조비로 살던 시기였는데, 별로 많지도 않은 수입에서 아파트 월세를 내고 나면 정말 말도 안 되는 빠듯한 돈이 남았다. 언젠가는 끝날 생활이라고 생각해 그걸 비참하게 여기진 않았지만 가끔 사소한 것들이 부러웠다.

어느 날, 그러니까 이맘때였던 것 같다. 봄날 이른 저녁을 먹고 남편과 동네 산책을 하던 중이었다. 우리가 사는 아파트는 건물 한 채만 달랑 있던 오래된 상가 건물 같은 곳이었고, 가까운 곳에 주택가가 있었다. 아파트 월세가 싼 곳이었기 때문에 주변 환경도 썩 말끔하지는 않았는데, 그래도 주택가를 거닐다 보면 에어컨도 없는 좁은 아파트에 사는 처지를 잠시 잊고 기분 전환이 됐다. 남의 집이지만 잔디도 보이고 예쁜 꽃나무도 구경할 수 있어서 한 바퀴 돌고 오면 쾌적해졌다. 무엇보다 터를 이루고 사는 집들에서 풍기는 안정감이 좋았다.

그날도 여느 때처럼 각기 다른 집의 형태와 마당 조경 등을 흘끔거리며 걷고 있는데 어느 한 지점, 발걸음을 멎게 하는 것이 있었다. 어떤 집에서 흘러나오는 음악 소리 때문이었다. 언제 지었는지 알 수 없는 작은 단층집이었는데, 지붕은 완만한 경사의 세모 형태였고 창이 아주 커다랬다. 활짝 열린 그 창을 통해 오래된 전축 위에서 레코드가 돌아가는 게 보였다. 음악은 나른한 재즈였다. 지금처럼 전축과 LP가 복고 바람을 타고 다시 유행하던 때도 아니었고, 대부분 CD나 MP3로 음악을 듣던 때라 그 광경이 무척 이채롭고 낭만적으로 보였다.

잠시였지만 홀린 듯 그 앞에 서 있자니 불현듯 그 집을 갖고 있는 사람이 미치도록 부러웠다. 큰 나무가 드리워진 오래된 주택가의 전경도 운치가 있었지만 무엇보다 저녁 시간에 턴테이블에 재즈를 올려놓을 수 있는 여유가 매혹적이었다. 그 집을 넋 놓고 보다가 남편에게 말했다.

"오빠, 우리도 언젠가는 저런 집에 살 수 있을까?"

어지간하면 희망적인 말은 잘 하지 않는 남편은 그때도, "글쎄……"와 같은 긍정도 부정도 아닌 대답을 했었던 것 같다. 지금에 와서 돌아보면 그때 그 집은 현재 내가 사는 집보다 훨씬 초라하고 규모도 작았다. 현재의 내 기준으로 보면 대대적인 개조 공사로 거듭나야 할 낡은 집에 불과했다. 그래도 그 집이 그토록 부러웠던 건 학생 부부의 가난 때문이었을 것이다. 나는 지금 그 집보다 더 깨끗하고, 크고, 마당도 넓은 집에서 커피를 마신다. 창밖이 아닌 창 안쪽에서.

　내 시선은 뒷마당의 녹음 위를 비추는 레몬빛 아침을 보고 있지만, 마음의 눈은 그날의 어둑해지던 주택가, 어떤 집에서 새어 나온 불빛이 봄꽃나무를 물들이던 풍경, 열린 창을 통해 음악이 흘러나오던 과거의 사진첩을 더듬는다. 거기에는, 남의 집 스피커에서 울려 퍼지는 재즈를 훔쳐 들으며 도저히 가질 수 없을 것 같은 '어떤 집'을 꿈꾸는 오래전의 내가 있다.

방 하나가 서쪽으로 창이 나 있어서 유독 덥다. 여름날 오후에는 에어컨이 돌아가도 열기를 몰아내지 못하는 방이라 선풍기를 하나 사서 들여놨다. 요즘 선풍기는 깜찍하기도 하지. 앤티크 소품 같은 디자인이 예쁘기도 하고, 선풍기 바람을 쐬어본 게 언제였나 싶기도 해서 공연히 전원 버튼을 눌러놓고 그 앞에 얼굴을 대고 있어본다. 머리카락을 날리는 선풍기 바람을 맞고 있으니 외할머니가 생각난다. 유독 여름에 외할머니 생각이 더 많이 나는 데에는 이유가 있다.

사실 외할머니가 우리 집에 와 있던 기간은 계절과 관계가 없었다. 그저 아무 때고 아들한테 서운하고 며느리한테 삐지면 딸네 집으로 이동해서 마음이 풀릴 때까지 머물다 가곤 했던 것 같다. 그때야 어리니까 나는 어른들의 신경전 같은 것은 눈치채지 못하고 할머니가 오시면 그저 반가워서 좋아하곤 했는데, 그 기간은 할머니한테도 외숙모한테도 고부간 갈등의 휴지기가 되어 원망의 마음을 삭일 수 있는 시간이 되지 않았나 싶다. 문제는 우리 집에서 떠날 때도 비슷한 이유로 그런다는 것인데, 그만큼 우리 외할머니 성미가 만만치 않았다.

할머니는 바싹 마른 체구에 쉴 새 없이 몸을 움직이는 부지런한 성격이었는데, 그 덕에 할머니가 오면 집이 반짝반짝해지곤 했다. 그토록 살림에 대한 기준이 높았으니 며느리에게고 딸에게고 얼마나 잔소리를 했겠는가. 아무리 말려도 시시때때로 바닥 걸레질을 했고, 그러다가 중간중간 걸레를 뒤집어 보이고는 "아이고, 이 먼지 봐라, 먼지!" 하면서 딸에게 눈을 흘기기 일쑤였다.

심심하면 냉장고를 뒤져서 낭비하는 게 없나 참견하고, 부엌 살림살이를 죄 꺼내 구석구석 닦으며 손주들이 듣건 말건 당신만큼 손끝이 야물지 못한 딸을 흉보는 등 올 때마다 일을 사서 했다. 참다못한 엄마가 그만 좀 하라고 신경질을 내면 결국 말다툼이 되고, 결국 골이 난 할머니가 짐을 싸서 외갓집으로 가버리는 식으로 할머니의 우리 집 기거는 종말이 나는 거였다. 그럴 때면 할머니는 손주들 인사도 받는 둥 마는 둥 집을 나섰고, 그 뒤를 엄마가 부랴부랴 따라 나가 택시를 잡아드리며 할머니의 핸드백에 봉투를 쑤셔 넣어드리곤 했다. 할머니의 떠남은 대개 그런 식이었다.

그래도 난 할머니가 오면 좋았다. 엄마나 외숙모한테는 그 과도한 부지런함과 잔소리가 고통스러웠을지언정 어쨌든 할머니가 있으면 뭔가 집 안팎이 수선스러워지는 것 같으면서도 시골스러운 활기가 도는 게 신이 났다. 특히 아파트가 아닌 단독주택에 살 때가 더 그랬다. 마당 수도꼭지 주변에 씻어놓은 여름 푸성귀가 잔뜩 쌓여 있다든가, 복숭아나 참외 같은 것들이 고무 함지 속 차가운 물에 둥둥 떠 있는 정경 같은 것에 마음이 풍요로워지곤 했다.

출출한 오후면 할머니는 포만감에 제격인 간식거리를 만들어내곤 했다. 무더운 여름날, 땀이 찬 다리에 쩍쩍 달라붙는 마룻바닥 위에 철퍼덕 주저앉아 할머니가 부엌에서 가지고 나와 부려놓은 부침개나 수박화채나 찐 고구마 같은 걸 둘러앉아 먹던 기억은 어린 시절의 행복한 여름 삽화다. 에어컨도 없던 시절이어서 좌우로 돌아가는 선풍기 바람 방향을 조금이라도 더 오래 차지하려고 동생들과 투닥거리며 할머니 표 주전부리를 먹던 추억.

특히 내가 좋아했던 것은 놋쇠 양푼 한가득 타서 얼음을 둥둥 떠워 내주던 미숫가루, 그리고 호박 부침개였다. 할머니의 호박 부침개는 여름이면 물이 오르는 애호박을 숭숭 채 썰어서 밀가루 반죽에 섞어 부치는 간단한 레시피인데, 그걸 널찍한 소쿠리에 쭉 펴놓고 식힌 다음 손으로 쭉쭉 찢어 먹으면 별미였다. 방금 부친 것보다 식혀서 쫀득해져야 제맛이었다.

맛이 그리운 건지 시절이 그리운 건지, 가끔 먹고 싶어져서 미숫가루나 호박 부침개를 만들어보기도 했는데 내가 하면 그 맛이 나질 않는다. 놋쇠 양푼 미숫가루가 아니라서 그런 건지, 소쿠리에 펼쳐 식힌 부침개가 아니라서 그런 건지, 물맛이나 호박맛이 한국 것과 달라서 그런 건지 이유는 모르겠다. 어쨌든 기억하는 맛을 낼 수 없는 것에 실망한 나는 미숫가루와 호박 부침개는 이제 만들지 않는다.

그 밖에도 서태지와 아이들의 춤을 보던 할머니가 저딴 건 나도 추겠다며 방방 뛰던 통에 동생들과 숨이 넘도록 웃던 일이나, 할머니와 초콜릿을 나눠 먹다가 장난기가 발동해 할머니한테 '쪼꼬렛' 말고 미국식인 '촤컬릿'으로 말해보라고 요청하고는, 계속 똑같은 발음에 언성만 높이는 할머니 때문에 종래에는 어깨를 들썩이며 함께 킬킬 웃던 일도 기억에 남는다.

내가 운전을 하고 다니던 시기가 되었을 때는 할머니도 연세가 많이 드셔서 병원, 외갓집, 우리 집을 번갈아가며 지냈다. 하루는 엄마 심부름으로 할머니를 집으로 모셔 와야 하는 날이 있었다. 소화기능을 잃어가던 통에 기운이 하나도 없어진 할머니를 잠실 외갓집에서 분당 우리 집으로 차에 태워 모셔 오는데 뒷좌석에서 할머니가 웅얼웅얼 말을 했다. 운전석 백미러로 흘끗 보니 할머니가 공허한 눈길로 창밖을 보고 있었다. 뭐라고 하신 거냐고 물었더니, 할머니는 앙상하게 마른 손을 휘휘 움직여 어딘가를 가리켰다.

"저 어디 멀리, 멀리 좀 가!"

멀리? 하고 내가 묻자 할머니가 힘없이 고개를 주억였다. 잠깐 생각해보았지만 딱히 떠오르는 곳이 없었다. 무엇보다 나는 친구들과 약속이 있어서 할머니를 얼른 집에 모셔다드리고 '그놈의 압구정동'에 가야 했다. 그래서 할머니에게, 오늘 말고 다음번에 드라이브를 시켜드리겠다고 하고는 그냥 집을 향해 달렸다.

되도록 천천히 가려고 했지만 개통된 지 얼마 되지 않았던 당시의 분당 수서 도로가 그날따라 어찌나 시원하게 뚫리던지 주행 시간이 순식간에 지나가버렸다. 그리고 난 예정대로 할머니를 우리 집에다 모셔다놓고 친구들을 만나러 나갔다. 그런데 그날이 할머니를 내 차에 태워드린 마지막 날이 되는 바람에 결국 나는 할머니와의 약속을 지키지 못했다.

우리 집에 온 이후로 할머니는 거동 자체를 거의 못 했고, 입원과 퇴원을 반복하며 시름시름 앓다가 내가 해외에 나가 있는 동안 돌아가셨다. 당시 워낙 연세도 많으셨고, 마음의 준비가 되어 있어서 그런지 슬프다는 마음 외에 따로 맺히는 건 없었는데, 시간이 흐르면 흐를수록 그날 내가 할머니를 모시고 그 어딘가 '멀리'로 가지 않았던 게 사무친다.

친구들과의 약속쯤 취소하고 곤지암 같은 데 드라이브라도 가서, 그 유명하다는 소머리 국밥 같은 것도 사드리고, 할머니는 한 번도 못 가봤을 교외의 카페 같은 곳에서 젊은 사람들이 사먹는 음료 같은 것도 맛보게 해드리고 그랬으면 얼마나 좋았을까. 나는 왜 그날, 그 어렵지도 않은 부탁을 무시하고 할머니를 보냈을까.

선풍기가 놓인 건 큰아이 방이다. 선풍기 바로 위에는 내가 사 와서 걸어준 벽장식이 붙어 있다. 나무 액자 장식품에 쓰인 글귀, 'Love is the best ingredient'. 사랑이 최고의 성분. 현재 고등학생인 이 방 주인은 벽장식의 문구를 처음 봤을 때 피식 웃었다. 오글거린다는 게지. 포동포동한 팔뚝이 귀여워 미치겠어서 하루에도 열두 번씩 깨물었던 게 엊그제 같은데.

가만. 그 습관이야말로 할머니가 물려준 것이었지. 젊은 나이에 청상과부가 되어 홀몸으로 남매를 키워낸 할머니의 유일한 취미였던 청자 담배. 그로 인해 누렇게 변색된 치아가 가끔씩 내 어린 팔뚝을 장난스럽게 깨물면, 나는 괜스레 과장해서 우는 체를 하지 않았던가. '어이구, 내 강아지' 하는 소리가 듣기 좋으면서도.

벽장식 글귀에 다시금 눈이 간다. 그래. 여름만 되면 그리운 그 맛을 내기 위해 필요한 건 놋쇠 양푼이나 소쿠리 따위가 아닌 거겠지. 시큰해진 코끝으로 선풍기 바람이 날아든다.

아팠거나 아프지 않았거나

1970년대에 출생해 1990년대에 이십 대를 보낸 이들을 일컬어 X세대라 하는데, 나는 나를 이 안에 뭉뚱그리기가 탐탁지 않다. 지금에 와서는 가장 윤택한 이십 대를 보냈다고 회고되는 이 세대가 그 시절에 발산하고 다닌 젊음의 취향이 실은 몹시 조악했다고 여기기 때문이다. 눈 뜨고는 봐줄 수 없는 서태지 패션이 출몰하던 초반, 밍크브라운 입술 광풍이 몰고 온 공포 화장술과 바닥 청소용 청바지가 거리를 휩쓸던 중반, 반짝이 머리핀과 페라가모 스타일 단화로 무장한 며느리 룩이 넘실거리던 후반에 이르기까지, 90년대의 이십 내 취향은 어느 것 하나 미학의 관점에서 점수를 줄 수가 없는 흑역사라고 본다. 그 양상은 정치적으로나 경제적으로나 완전히 다른 챕터가 열리던 당시의 한국 사회에서, 범람하는 이국의 문화를 탐닉하던 당시의 청춘들이 아직 땟물을 벗지 못한 채 요란해지면서 드러낸 감각의 미숙함이었을 것이다. 그리고 그건 새마을 운동 세대가 가진 소득 성장과 교양 성장의 애잔한 불균형과 매우 닮아 있기도 했다.

그래도 그때를 돌아보면 전반적으로 사회 분위기가 밝고 동동 떠 있었다. 오렌지족이라고 불리는 부잣집 자제들이야 소수에 불과했을 테지만 아무튼 이십 대가 모여드는 거리는 공기 자체에서 과일향이 났다. 그러니 X세대가 90년대의 낙관적인 분위기 속에서 풍요로운 이십 대를 보낸 것은 맞다. 개개인의 빈부 격차는 별개로 하고, IMF가 오기 전까지는 아무튼 그랬다. 그런 시기에 대학을 다닌 70년대생들에게 학생 운동이란 철 지난 담론이기 쉬웠다. 좀 산다는 부류에게서 풍겨나는 선진국의 냄새가 그 세대의 문화랄까 유행이랄까 하는 것들을 주도해나가는 쪽으로 분위기가 흘렀다. 유재석과 이적이 함께 노래한 〈압구정 날라리〉의 가사, 영화 〈건축학 개론〉 주인공 남자의 심리가 그 세대의 보편적 정서였을 것이다.

그럼에도 그 세대인 내가 캠퍼스 문턱을 넘기도 전에 배운 노래가 〈전대협 진군가〉와 〈임을 위한 행진곡〉이었다. 학생회 같은 곳은 얼씬도 안 하고 대학 시절을 보냈는데도 가사를 아직까지 기억한다. 중고교 시절에 내가 민주화 운동의 배경이나 불공정한 노동 환경에서 착취당하는 계층의 아픔을 다룬 소설 등을 꽤 읽은 것은 맞다. 일부 어른들이 혀를 찼던 것처럼 공부는 안 하고 데모나 한다는 식으로 학생 운동을 비하하고 보는 입장에 경도된 것은 아니었으나, 그렇다고 해서 갓 입시를 치른 처지에 미리부터 운동권이 되어 민중가요를 숙지했을 리는 만무했다.

대학 입학을 2주쯤 앞두었을 때인가. 신입생 OT를 위해 소집된 그해 학번 전체가 한 공간에 모여서 대기하던 상황이었다. 신입생들은 OT 장소로 출발도 하기 전에 그 자리에 몇 시간을 붙들린 채 민중가요를 배워야 했다. 신입생들을 앉혀두고 무대에 올라 깃발을 흔들며 노래를 가르치던 재학생들은 행사를 주관하던 총학생회 임원들이었다. 대절 버스가 늦게 와서 그랬는지 원래 계획이 그랬던 건지 모르겠지만 몇 시간을 그러고 있으니 신입생들은 녹초가 되고 말았다. 지쳐서도 그랬겠지만 나는 그때 내가 운동권은 절대로 될 수 없겠다는 걸 깨달았는데, 그날 배운 《전대협 진군가》에 포함된 한 대목의 표현이 내 판단에 쐐기를 박은 탓이다.

강철 같은 우리의 대오
총칼로 짓밟는 너

　　정확하게 말하자면 나는 이 대목의 울분에 공감하지 못했
다. 대학생들이 사회 구조의 불평등에 맞서 정의를 갈구하고 군
부 독재로부터 이어진 정권을 규탄하고 있다는 건 알았지만, 한
편으로는 내가 시퍼렇게 날을 세우며 뭔가에 맞서 싸울 깜냥이
아니라는 것도 알았다. 무엇보다 내게는 격분으로 타오를 불씨
가 없었다. 샐러리맨 가정에서 큰 풍파에 휩쓸리지 않고 자란 온
실 속 화초가 현실에서 '시퍼렇게 날이 설' 정도로 분노할 사회
악과 대적할 일은 대체로 겪지 않는 게 사실이니까. 그러니 가사
에서 묻어나는 격정은 역설적이게도 내 마음을 가라앉혀버리는
데 일조했을 따름이다. 대학을 다니는 동안, 1980년 5월 광주에
서 일어난 일에 대해서도 알게 되었는데, 충격은 받았으나 내 일
상이 바뀌진 않았다.

　　80년대에 비해 학생 운동의 열기가 잦아들고 있는 와중에도
구호를 외치며 자살을 하는 학생들이 이따금씩 있었다. 그래도
그런 소식을 들으면 젊은 영혼이 목숨까지 바쳐 구현하고자 했
던 정의란 무얼까 고심하기보다는 참척 앞에서 고통스러워할
그들의 혈육에 감정이입을 하고 끔찍해했다. 하지만 동시에 늘

'그들'을 곁눈질했다. 대자보를 붙이고, 캠퍼스 곳곳에 현수막을 걸고, 지치지 않고 목소리를 내는 이들. 발들이고 있지 않았으니 내가 그 소속이 아닌 건 자명한데도 누군가 운동권을 비하하거나 희화하면 불쾌했다. 의협심은 별로 없어도, 내가 못 하는 걸 하는 이들의 신념을 철없는 치기로 폄훼하는 평면적 인격은 아니라는 일종의 선민의식이었던 것 같다. 어느 날 총학생회 임원 한 사람과 말을 틀 기회가 생겼을 때 대뜸 제안을 한 건 그런 이유에서였다.

우연한 기회로 둘이 같은 차를 타게 된 상황이었다. 나야 그에게 있어 '듣보'였겠지만 그는 총학 임원이라 유명 인사였다. 그는 신입생 OT 때 민중가요 가르치는 것 좀 그만하면 안 되겠느냐는 내 도발에 당황하면서도 관심을 보였다. 이유를 묻는 그에게 나는 대답했다.

"그렇게 해가지고서는 편을 만들 수가 없으니까요. 신입생들을 초반부터 겁먹게 할 필요는 없잖아요."

그는 침묵했고, 나는 OT 때 경험한 내 감정의 흐름에 대해 썰을 풀었다. 그는 불쾌해하지 않고 내 말을 경청했다. 적어도 내게는 그렇게 보였다. 신입생 OT가 그 이후 어떻게 진행되었는지는 모른다. 난 그 자리에 간 일이 없었으니까. 다만 나중에 내가 왜 오지랖을 부렸는지 되돌아본 결과, 나는 문득 깨달았다.

내가 그들이 하려고 하는 일이 잘되길 빌었다는 걸. 신입생들이 분노의 화력이 묻어나는 민중가요 가사에 놀라 학생 운동에 거부감부터 갖게 되는 걸 막고 싶었다. 학생 운동의 명분이 설득력을 잃어 설 자리가 없어지면 안 되지 않을까 경계하는 마음이었던 것이다. 내가 그와 대화를 시도한 건 내가 서 있던 자리에서 내린 판단이 등을 떠밀어 보탠 일종의 지지였다.

우여곡절을 거쳐 결국 진보 정당에서도 대통령이 나왔고, 그때를 기점으로 한국은 진보 정당과 보수 정당이 번갈아가며 집권할 수 있는 민주 국가가 됐다. 이어 화염병과 최루탄이 아닌 촛불의 축제 방식으로 민심을 드러내는 정제된 시민운동도 자리를 잡게 되었다. 정치적 입장을 떠나, 그토록 엄청난 숫자의 사람이 모인 상황에서 폭력 없는 시위와 연대로 목소리를 낼 수 있는 사회가 이 지구상에 또 있을까? 한때 거칠었던 시민 연대와 정부는 그간 시행착오를 겪으면서 민주화 운동 방식과 협상 및 수용 기술을 단계적으로 성숙하게 발전시켜왔다.

젊음이란 그런 것 아닐까. 어떤 시점에서는 미숙했어도 무르익을 수 있는 가능성을 품고 있는 것. 90년대의 패션이 우스꽝스러웠어도 결국은 빙그레 웃으며 추억할 수 있을 만큼 안목이 생기고, 부모 세대의 언행이 촌스러운 사고방식을 드러낼지라도 대한민국 근대사의 질곡을 관통해오느라 미처 다듬지 못한 야

성인 걸로 애틋하게 바라봐줄 수도 있는.

부작용도 있기는 하다. 이제는 과거가 된 운동권의 과격성이 결국 먹혀서 설 자리를 잃었다고 여기는 이들이 이번엔 자신들 편에서 그 격정을 써먹어야겠다 싶은지 시위 방식에 복고를 구현하고 있으니까. 막말을 하고, 지난날의 과오를 부정하고, 떠내려간 이념을 도로 건져와 악을 뒤집어씌우는 모습. 그럼에도 현재 한국은 정권을 잡은 세력에 반기를 들고 때로는 험한 말까지 불사해도 잡혀가 고문을 당하거나 반체제 인사로 낙인찍혀 사형을 당하는 일 같은 건 상상할 수도 없는 나라가 됐다. 실제로 있었던 이 끔찍한 일들이 과거가 된 건 누가 뭐래도 '그들'이 투쟁해서 얻어낸 결과다. 나처럼 냉담한 겁쟁이들이야 무섭고 거칠다고 눈살을 찌푸리며 발도 담그지 않았지만 결국 그들이 그만큼 필사적이었기 때문에 이뤄낸 것이다. 그러므로 나처럼 아무것도 하지 않고 이 '자유'라는 떡을 날로 먹게 된 사람들이 부채 의식을 갖는 건 자연스러운 일이라고 본다. 과격했던 만큼 생피를 흘렸던 이들도 그들이니까.

그런데 최근 들어, 내가 속한 세대가 두려움 없는 이십 대를 보낼 수 있게 만들어준(적어도 나는 그렇게 여긴다) 현재의 586세대가 서로를 겨냥하며 날 선 말들을 뱉는 걸 본다. 데모나 하던 것들이, 도서관에나 처박혀 있었던 것들이, 기타나 치던 것들이 등등. 거리로 뛰쳐나오길 주저하지 않은 양심이었든, 학업을 포기할 수 없는 개인사가 있었든, 시국과는 별개로 예술혼에서 우러나온 창작욕이 우선순위였든, 저마다의 신념이나 열정으로 자신의 이십 대를 치열하게 보냈을 거라고 믿는다. 청춘이란 그런 거니까. 자신이 일구어온 작물이 현시점에 와서 수확량이 다르다거나 더러는 상충한다고 해서 상대의 그 시절을 모독하는 건 586세대에 고마운 마음을 갖고 있는 어떤 497의 눈으로 봤을 때 몹시 당혹스럽다. 그 독선적인 모습에 젊은 세대들은 '꼰대'라는 딱지를 붙인다.

내가 왜 이런 글을 쓰게 되었는지 생각해보니, 무시무시했던 시절에 이십 대를 통과한 한때의 영웅들이 '꼰대' 소리를 듣는 모습을 보며 복잡한 마음이 들어서인 것 같다. 나는 낀 세대인 사십 대로서 X세대에 자유로운 시대를 물려줬던 586을 편들어주고 싶다. 그러나 그 치열한 시절을 보낸 이들이 자신과 다르게 보낸 타인의 시간을 부정하고 저격하는 모습을 볼 때면 뒷걸음질 치고 싶어진다. 딱딱하다 못해 자칫 부러지기 십상인 그 모습이, 목전에 바짝 다가와 있는 내 오십 대의 모습일까 봐 초조해지는 까닭에.

에스프레소 타임머신

프랑스에서 유학하던 이십 대의 한 시절에는 커피라면 으레 에스프레소였다. 불어로는 엑스프레스라 불리는 그 독한 커피가 처음부터 좋았던 건 아니었다. 난생처음 유럽 땅을 딛고 마셔본 에스프레소는 맛이 지나치게 강해 혀가 타버릴 것 같았다. 음료라기엔 양도 너무 적고 걸쭉하기만 한 그 커피에 인이 박인 이유는 순전히 유학생의 빈곤 때문이었다. 당시 파리 시내 카페에서 파는 에스프레소 가격은 테이블을 차지하고 앉아 주문했을 때가 1,500원 정도, 바에 서서 마실 경우 반값인 800원 정도였다. 언감생심 우유가 들어간 카페오레나 카푸치노라도 넘볼라치면 4,000원에 육박하는 가격을 감수해야만 했다. 그러니 취향과는 상관없이 내 선택은 늘 에스프레소였다. 혼자일 때에는 주로 바에 서서 마셨다.

주머니가 가벼운 학생들이야 그렇다 쳐도, 카페인이 절실해 보이는 얼굴로 카페로 들어선 이들 대부분이 마시는 커피도 대개 그것이었던 걸 보면 꼭 가격 때문만은 아닌 것 같기도 하다. 한국인에게 밥이란 간을 하지 않은 게 진리인 것처럼, 그들에게 커피란 단순하게 농축된 에스프레소이어야 제격인 걸까.

그러나 프랑스인들이 집에서 마시는 커피는 달랐다. 에스프레소를 즐겨 마신다 해도 비싼 에스프레소 기계를 집집이 가지고 있을 리는 없어서 대부분 일반적인 드립형 커피메이커를 쓰고 있었다. 카페에서는 갓난아기 주먹만 한 잔에다 커피를 마시던 사람들이 집에서는 국그릇처럼 큰 대접에다 진하게 내린 커피를 가득 붓고는, 우유도 듬뿍 섞어 두 손으로 들고 마신다. 그게 카페올레였다. 여기에다 초콜릿 스프레드, 버터, 잼 따위를 바른 바게트, 아니면 크루아상을 곁들이는 게 프랑스인들의 일반적인 아침 식사였다.

어학연수를 위해 프랑스의 한 지방 도시에서 하숙을 하던 시절의 이야기인데, 첫날 하숙집 주인아주머니가 아침으로 뭘 먹고 싶으냐고 물었다. 서양식 아침 식사라고는 미국식밖에 몰랐던 나는 계란, 토스트, 커피, 과일 등을 언급했다. 음료로는 오렌지 주스나 커피 중 어떤 걸 원하는지, 빵은 바게트를 원하는지 크루아상을 원하는지 묻는 말에 만찬을 요구해버린 것이다. 하숙집 아주머니는 잠깐 어이없어하는 표정을 짓더니 다음 날 아침 식사로 빵 한 조각과 커피를 제공했다.

뒷날 거처를 파리로 옮기고, 몇 년이 지나 졸업을 할 무렵이 되자 만찬은커녕 제대로 아침을 챙겨 먹을 시간적, 정신적 여유도 없었다. 뭔 짐은 그렇게 많았는지, 백팩에, 간밤의 과제였던 스케치 포트폴리오에, 화구까지 잔뜩 싸 짊어지고 학교 앞 지하철역 바깥으로 나오면 일단 카페로 들어가는 게 내 일과의 시작이었다.

바 앞쪽 바닥에 짐을 내려놓고, 매일 간 덕에 얼굴을 익히게 된 바텐더 할아버지와 눈인사를 나누고 나서 주문하는 건 늘 똑같은 거였다.

"커피 주세요. 크로아상 하나랑 같이요."

가끔은 에스프레소, 크루아상, 오렌지주스로 구성된 아침 식사 세트가 그날의 스페셜로 뜰 때가 있는데, 그럴 땐 몇 푼을 더 쓰더라도 꼭 그걸로 사 먹었다. 카페인과 탄수화물로 간신히 불을 켜놓은 몸에 가끔씩이라도 비타민을 부어주는 파격, 그 소박한 사치마저 포기하고 싶지는 않았다. 치이이익 김을 빼는 반 수동 에스프레소 머신의 요란한 소음, 프랑스 카페들이 으레 그렇듯 백 년 전에도 그대로였을 실내 장식, 곳곳에서 웅성대는 사람들 소리, 바 끝에다 팔꿈치를 기댄 채 골루아즈 담배연기를 뿜어대며 조간을 훑는 베레모 쓴 아저씨들. 그 풍경 속에서 막 뽑아낸 에스프레소를 한 모금 넘기노라면 잠깐이나마 내가 이방인이라는 것을 잊을 수 있었다.

그 순간만큼은 엉성한 불어로 프레젠테이션을 해야 하는 초조함도, 외로움을 짙게 만들곤 했던 파리의 축축한 회색 공기도 견딜 만한 것으로 여겨지면서 나 역시 그 배경을 이루는 파리지엔느가 된 것만 같았다. 유럽의 도시에 드리워진 음울한 공기 속에서, 검고 짙은 소량의 액체는 그렇게 매일 천천히 내 혀끝을 길들여갔다.

졸업을 하고 귀국했더니 한국에는 이탈리아어가 횡행하는 미국의 커피숍 브랜드가 막 상륙한 참이었다. 그때까지도 한국에서는 에스프레소를 찾는 이가 극히 드물었을뿐더러 대중은 미국 영화 등을 통해 미리 눈도장을 찍은 프랜차이즈 커피에 입맛을 맞춰가기 시작하던 시점이었다.

당시 제일 '핫'하다는 청담동의 카페들에서는 고급 커피잔과 쟁반을 동원해 눈요기용 커피를 서빙하면서 무려 만 원에 가까운 가격을 매기고 있을 때니, 커피 맛이 좋건 나쁘건 미국 커피 브랜드는 가격대 면에서 대중 친화적 요인을 갖춘 셈이었다. 그

브랜드를 필두로 미국의 테이크아웃 커피 브랜드들이 경쟁적으로 한국으로 들어왔고, 국내에서 자체 개발된 브랜드들까지 가세해 도시의 번화가들은 테이크아웃 커피 전문점으로 넘쳐났다. 진화라고 해도 좋을까? 그럴지도. 카페에 눌러앉아 커피값이라기보다는 인테리어값인 거액의 돈을 지불하는 대신 5,000원 이내로 꽤 질 좋은 원두에서 뽑아낸 커피를 마실 수 있게 되었으니. 그렇다면 부작용은? 종이컵에다 먹는 것은 마찬가지인데 커피, 설탕, 크림이 적절하게 배합되어 나오는 달콤한 자판기 커피가 맛없어졌다는 것쯤 되지 않을까.

한국을 방문하고 미국으로 돌아오는 비행기 안에서 생각해보니 짐짓 걱정되는 바가 있었다. 이전에 한국을 다녀오고 나서 겪었던 후유증을 다시 앓게 될까 싶어서였다. 부모, 형제, 옛 친구들 사이에서 북적거리다가 뉴잉글랜드 지역 소도시의 겨울 속으로 돌아오니 내가 사는 곳이 얼마나 적막하던지. 한동안 그기분에 다시 시달릴 생각을 하니 두려웠다.

그러나 이번엔 달랐다. 계절 때문이었을지도 모르겠다. 내가 여름 체질이라 그런지 내 집 마당의 푸른 잔디와 뒤뜰의 숲을 보니 숨통이 트이기까지 했다. 모국에 대한 향수를 안고 사는 대신, 매연과 뒤섞인 끈적한 서울 공기와 맞바꾼 청명한 숨이 허락되는 삶도 꽤 괜찮은 거라는 위안도 생겼다. 그런데 후유증과 맞닥뜨리게 된 건 뜻밖에도 커피 때문이었다. 매일 아침, 주방의 창을 통해 뒷마당 숲 사이로 떠오르는 해를 바라보며 마시던 커피가 터무니없게도 맛없어진 것이다! 이유는 뻔했다. 한국에서 입맛을 끌어올려 온 탓이었다.

대중의 입맛을 하늘 높은 줄 모르고 치솟게 만든 한국의 커피 비즈니스. 그게 다 내가 미국에 살기 시작한 이후에 점진적으로 일어난 일이었다. 대형 테이크아웃 커피 전문점에 질세라 지역 상인들마저 경쟁적으로 고급 원두를 들여와 커피 맛 업그레이드에 박차를 가했다. 영악해진 입맛만큼 대중이 박식해진 건 당연한 결과. 맛 좋은 커피집을 찾아다니는 것도 모자라 집에서 핸드 드립으로 커피를 마시는 사람들이 있는가 하면, 드물게는 직접 원두를 볶아야 직성이 풀린다는 사람들도 생겨났다. 그 정도까지는 아니더라도 한국의 지인들 가운데 여럿이 유럽에서 수입한 에스프레소 기계를 집에 갖추고 있다는 사실이 놀라웠다. 그뿐만 아니라 길을 가던 중 아무 가게나 쑥 들어가 사 마시는 커피도 대부분 훌륭했다. 한국의 커피 원두 소비량이 전 세계를 통틀어 톱클래스에 든다는 기사가 있었는데 질적으로든 양적으로든 과연 그럴 만하다 싶었다. 그렇게 많은 원두를 소비하는 동안 혀끝은 또 얼마나 예민해졌을 것인가.

고국 방문을 마치고 미국으로 돌아오자 한동안 잊고 지내온

묵직한 맛의 에스프레소 향수에 시달렸다. 싼값에 건진 기쁨을 췄던 커피메이커가 퇴물처럼 여겨지는 것에 죄책감이 생기는 것도 사실이다. 그러나! 버튼 하나로, 짙은 갈색 포말의 크림이 깔린, 그 완고하게 알싸한 액체와 조우할 수 있다니! 유혹에 굴복하기로 결심한 뒤, 각 브랜드의 에스프레소 메이커들에 관한 소비자 리뷰를 섭렵하고 쿠폰 입수 경로를 탐색하며 생각해봤다. 나는 맛을 찾고 있는 걸까, 추억을 더듬고 있는 걸까. 모르겠다. 입맛보다 간사한 것이 마음일 테니.

허브 모종을 사다가 심었다. 자주 쓰는 고수, 민트, 바질 세 가지를. 모두 더운 날씨에 찾는 메뉴에 들어가는 풀인데 장 볼 때 마음이 동해 사놓고는 어쩌다 며칠 안 쓰게 되면 냉장고 구석에 처박혀 있다가 상해서 버리기 일쑤다. 그래서 이 셋만은 언제든 바로 따서 쓸 수 있게 봄이 되면 심어 기르곤 한다. 식물 가꾸기에 소질이 없어 텃밭까지는 감당 못 하지만 화분 두세 개 정도는 나 같은 가드닝 젬병도 돌볼 수 있으니까. 고작 허브 세 가지 심어놓고 나는 농번기를 맞아 일군 밭 앞에서 결의를 다지는 농부라도 된 양 진지하다. 화분에 함초롬히 들어앉아 햇볕을 쪼이고 있는 초록빛 얼굴들을 차례대로 만져주니 세 가지 풀들이 앙

달을 부리듯 각기 자신만의 향을 뿜어낸다. 역시 냄새란 기억을 길어 올리는 존재지 뭔가. 처음 접했을 때에는 생경하기만 했던 허브들을 사랑해버리게 된 사연들이 향을 따라 몽실몽실 피어오른다. 홍차에 마들렌을 찍어 먹다가 과거로 여행을 떠나는 프루스트처럼, 내 후각이 이들을 받아들이게 된 기억의 끈을 더듬어 따라가본다.

고수

프랑스 중부의 한 지방 도시, 나는 하숙집에 적응하지 못했다. 내게 고양이털 알레르기가 있다는 걸 알게 해준 그 집에서 눈물 콧물과 사투를 벌이다 보면 아침 식사고 뭐고 날이 밝으면 얼른 밖으로 탈출하기 바빴다. 학교로 가는 길에 빵 한 조각을 사서 아침 식사로 때우고 수업을 받다가 점심시간이 되면 눈이 뒤집히게 배가 고픈 지경에 이르렀다. 어학원에서 멀지 않은 곳에 학생들이 우우 몰려가 샌드위치나 피자 같은 걸 사 먹는 단골집이 있었는데 가끔씩은 밀가루 음식이 죽어도 싫을 때가 있었다. 그럴 때는 그 가게 아저씨의 푸근한 환대도 소용이 없어서 내 몸이 원하는 걸 찾아 먹어야만 직성이 풀렸다. 밀가루가 아닌 쌀로 만든 것이어야 했으며, 치즈나 토마토 따위가 들어가지 않은 '아시아게' 음식이어야 했다. 샌드위치 가게 맞은편에 작은 상가 형태로 된 시장이 있었다. 시장 안의 한 가게 앞에 무더기로 쌓여 있는 정체불명의 하얀 음식이 있었다. 한국의 분식집 김밥처럼 랩으로 개별 포장된 방망이 형태였고, 크기도 김밥 한 줄과 비슷했다. 방망이의 정체는 베트남 전병 말이로, 상추, 숙주, 가는 당면, 돼지고기, 새우 같은 게 들어 있었다. 하나 사서 먹어봤더니 맛도 담백하고 찍어 먹는 소스도 입에 맞아서 아시아 음식을 갈구하는 욕구가 얼마만큼 충족됐다. 다만 그 안에 들어 있는 한 가닥 녹색 풀, 그 향을 도저히 견딜 수 없었다. 처음 먹었을 때 위를 요동치게 만들었던 그 풀 때문에 가까스로 개척한 간편 식사를 포기할 수 없어서, 두 번째부터는 애써 속을 헤집어내 기어이 녹색 풀을 뽑아내고 먹었다. 그게 고수였다.

그러다 나중에 파리에서 학교를 다니면서는 다른 음식을 통해 고수를 접하게 됐다. 파리의 한국 유학생들이라면 대부분 즐기게 되는 값싼 외식 메뉴가 있었는데, 그건 바로 파리 시내 중국 시장 근처에 즐비한 베트남 식당의 퍼Pho였다. 당시만 해도 한국에서 베트남 음식이 유행하기 전이라 나는 쌀국수를 그때 처음 먹어봤는데 결국 유학 생활이 끝날 때까지 그 음식에 적응하지 못했다. 역시 고수 탓이었다. 고수는 국수 옆에 따로 딸려 나오지만 식당 안에 들어가자마자 풍겨오는 짙은 냄새가 내 식욕을 꺼렸던 것이다. 나는 한국 유학생으로는 드물게 베트남 음식과 친해지는 데 실패하고 유학 생활을 마쳤다. 귀국 후 한국에서 베트남 음식이 유행하고 정착되어가던 중에도 나는 고수를 극복하지 못했고 결국 익숙해지기를 포기했다.

그 거부감이 뒤집힌 건 미국에 오고 난 후였다. 미국 생활이 길어지면서 밀가루 섭취가 늘어나 소면 대신 쌀국수를 써보기 시작한 것이 계기였다. 처음에는 멸치 국물에 쌀국수를 말아봤는데 마땅치 않았다. 어딘가 합이 맞지 않고 풍미가 겉돈다고 할까. 두 번째에는 소고기 육수, 숙주, 양파초절임 등을 동원해 베트남식으로 만들어봤다. 그러자 내가 아는 쌀국수 맛에 가까워졌다. 베트남 국수를 즐기지도 않은 주제에 본래의 맛을 추구하는 혀의 간사함이 가소롭긴 해도 희한하게 내 혀가 그걸 원했다. 그러면서도 여전히 궁극에 이르지는 못했다는 미진함이 남아 있었는데, 그건 스리라차 소스나 호이신 소스를 동원해도 해결이 되지 않았다.

이윽고 세 번째 쌀국수 만들기에 도전했을 때, 내가 그토록 거부했던 고수 몇 가닥을 국수 위에 얹어보았다. 뜨거운 물에 닿은 고수가 슈우욱 향을 뿜어내는 순간, 나는 내가 왜 그리 본래의 쌀국수 맛 구현에 집착했는지 깨달았다. 고수 향에 내 젊음이 웅크리고 있었던 것이다. 랩으로 포장된 베트남 전병을 베어 먹

으며 르와르 강변을 거닐고, 파리의 남루한 식당에서 입에 맞지
않는 음식을 억지로 먹어보려 할 만큼 친구들과의 결속감에 매
달렸던 내 젊음이. 고작 냄새 하나에 그토록 추억을 사무쳐하는
의식과 대면하며 나는 내 향수의 더듬이가 한국을 향해서만 뻗
어 있는 게 아니라는 걸 알게 되었다. 청춘의 나를 무수히 깨뜨
리고 새로 태어나게 했던 이국의 도시들도 그리워하고 있던 거
였다. 그걸 알게 되자 신기하게도 고수가 좋아졌다. 그리움이란
밀어내던 것마저 끌어안게 만드는 힘을 가진 것일까.

민트

   파리에서 살던 원룸은 지하철 6호선 코르비사르Corvisart 역에
면해 있었다. 선로가 외부에 나와 있는 역으로, 내 방 창에서 밖
을 내다보면 시선 바로 아래에서 하루 종일 지하철이 지나갔다.
건물 앞 길거리에서는 일주일에 세 번씩 아침 장이 섰다. 조용
하게 살기는 글러먹은 곳이었다. 그래서 방도 제법 크고 깨끗한
아파트인데도 월세가 쌌는데, 나는 생활 소음을 즐기는 편이라
별 불편 없이 지냈다. 아파트 건물 뒤편 동네 사람들만 아는 작
은 공원과, 거기를 가로지르면 나오는 동네 상권 골목길도 마음
에 들었다. 식당, 카페, 바 같은 것들이 올망졸망 늘어선 그 골목

길에 가끔씩 벼룩시장이 서곤 했는데, 그게 아파트 앞쪽 장 서는 날과 겹치면 일대가 다 시끌시끌했다.

하루는 동네 친구 뱅상이 벼룩시장으로 나와보라고 아침부터 전화를 해왔다. 주말 늦잠을 포기하고 나가봤더니 뱅상과 함께 있는 사람들이 있었다. 서너 살쯤 된 남자아이를 데리고 있는 부부였는데 여자가 한국인이었다. 늘씬하게 키가 큰 미인으로, 무려 패션모델이라고 뱅상이 소개했다. 통성명을 하면서 자세히 보니 한국의 잡지에서 본 적 있는 모델이었다. 프랑스인과 결혼해 한국에서 살다가 최근 파리로 이주했단다. 한국에서 온지 한 달도 되지 않은 터라 그녀도 아이도 불어를 전혀 하지 못하던 차에 한국 사람을 만나 반가워하는 눈치였다. 한창 부산스레 움직일 연령의 아이가 있어 시장통 한쪽에 서서 이야기를 나누는데 날씨가 꽤 쌀쌀했다. 우리가 따뜻한 걸 마시고 싶어 하는 걸 눈치챈 모양인지 근처에 있던 상인이 넌지시 권해왔다.

"민트차 좀 드시죠."

아랍 억양의 불어였다. 상인의 좌판에는 모로코나 알제리 등지에서 가져온 식기나 골동품 따위가 늘어서 있고, 그 옆에 가져다놓은 작은 탁자에서는 차가 끓고 있었다. 주물 주전자에서 풍겨 나오는 민트향에 이끌려 우리는 좌판 주변에 둘러앉았다. 상인은 모로코 컵에 차를 따라 하나씩 건넸다. 찬 공기에 곱아 있던 손이 찻잔의 온기를 반겼고, 입속으로 흘러들어가는 차는 달고, 뜨겁고, 향이 진했다. 아랍인이 직접 끓여주는 민트차를 맛보는 건 그때가 처음이었다. 시장의 소음을 배경으로 우리는 세 가지 언어가 오가는 대화를 이어갔다. 불어와 영어와 한국어가 들쭉날쭉 튀어나오는 대화였다.

뱅상은 직업이 프로그래머이면서도 늘 자신을 포토그래퍼라고 소개하곤 했다. 그날도 사진 이야기가 나와서 그 참에 이유를 물어봤다. 뱅상의 말에 따르면 프로그래머는 돈을 벌기 위해 그냥 하는 일이고 자기는 스스로를 포토그래퍼라고 정의한다는 거였다. 그때까지만 해도 한국적 사고방식의 소유자였던 나는, 사진을 찍어봤댔자 사진집은 자기 돈으로 만들며 전시회도 동네 지인의 가게에서 소박하게 여는 뱅상의 작업을 취미라고만 여기고 있었는데, 그날 그의 대답이 인상적이었다. 내게 일종의 인식 변화를 가져다준 말이었던 것 같다. 그런데 그다음 말이 더 놀라웠다. 뱅상의 집안 식구들이 원래 예술가들을 좋아해서 늘 예술가들에 둘러싸여 지냈고, 할아버지는 생텍쥐페리랑 친구라는 거였다. 나는 눈이 동그래져서 물었다.

"어린 왕자 쓴 그 생텍쥐페리?"

뱅상은 뭘 그렇게 놀라느냐는 듯 뚱한 표정으로 고개를 끄덕였는데 어찌나 비현실적이던지.

얼마 후 수업이 끝나고 귀가하던 중 지하철에서 그 모델을 우연히 다시 만나게 되었다. 나는 학교 과제하랴 알바하랴 한창 바쁘던 때였고, 그녀는 아무래도 불어를 제대로 배워야겠다 싶어서 어학원에 다니고 있다고 했다. 지하철 좌석에 나란히 앉아 근황을 전하는 그녀는 화려한 외모에 대비되게 좀 쓸쓸해 보였다. 지금 와서 생각해보면 조명을 받으며 런웨이를 걷던 사람이 말도 통하지 않는 이국의 도시에서 관통하고 있었을 문화 충격에 지쳐 있지 않았나 싶다. 그녀는 내릴 역에 도착해 헤어지면서 집에 놀러 오라며 내게 전화번호를 건넸다. 나는 그러겠다고 했고, 그러려고 했지만 내 생활에 치인 나머지 전화를 걸지 못했고, 그게 마음에 남아 가끔 그녀가 생각나곤 했다.

그럴 때가 있지 않은가. 당시는 무심히 지나쳤는데 시간이 지나고 보니 외로웠던 사람이 내민 손을 맞잡아주지 못했다는 걸 깨닫게 되는 때. 그래서인지 한동안은 민트차를 마실 때마다 그녀를 처음 만났던 시장통의 아랍인 좌판 분위기가 떠올랐다. 그녀야 이제 내가 기억도 나지 않을 테지만.

바질

프랑스 지방 도시 오페라 극장의 아트 디렉터 사무실에서 무대 미술 보조 업무, 극장 소속 제작소에서 세트 제작 실무를 번갈아 하던 때였다. 학교 친구 한 명과 팀이 되어 그 도시에 도착한 다음 날부터 제작소 일을 시작했는데, 세트 만드는 일이란 그야말로 고된 육체노동이라 하루 일과를 마치고 숙소로 돌아오면 밥 먹을 기운도 나지 않을 정도로 탈진이 되어버렸다. 제작소에서 일한 지 일주일쯤 지났을 때였나. 한 중년 신사가 제작소를 찾아왔는데 외모나 차림새가 어찌나 근사하던지 친구와 나는 그를 보자마자 야릇한 눈빛을 교환했다. 영화 〈대부〉의 비토 콜레오네가 외모를 업그레이드해서 나타나면 그러할까. 왜 하필 비토 콜레오네냐면, 그 중년 신사가 바로 이탈리아인이기 때문이었다. 알고 보니 그는 우리가 그때까지 만나지 못하고 있던 극장의 아트 디렉터였다. 제작소에서의 한 달 후 우리는 그와 함께 일을 하게 되어 있었다. 그 역시 앞으로 데리고 있으면서 일을 가르쳐야 하는 우리에게 관심을 보였기 때문에 우리는 그와 꽤 긴 대화를 나누었다. 옷 잘 입는 중년 미남일 뿐 아니라 웃음도 많고 푸근한 성품의 소유자였는데, 조금 더 겪어보니 그건 이탈리아 남자 특유의 선수 기질인 것 같았다.

그의 이름은 G였다. G는 우리를 여러 번 집으로 초대해 점심이나 저녁을 대접했다. G는 로마에 아내와 딸이 있는데 가끔씩 서로를 방문해 며칠 정도 함께 지낼 뿐 같이 살지는 않는다고 했다. 세상에는 정말이지 여러 형태의 부부들이 있겠으나 얼핏 보게 된 G의 가족사진으로 미루어 짐작한바, 그 부부는 각자의 수려한 외모를 한 사람에게만 바칠 마음이 없는 자유로운 영혼들로 보였다. 내가 상관할 바는 아니었다.

문제는 친구가 G를 사랑하게 되어버렸다는 것이었다. G는 한 여자만의 연인이 될 위인이 아닌데 친구는 G에게 마음을 빼앗겼고, 나는 그 사이에서 두 사람을 웃겨주는 분위기 메이커 노릇을 해야 했다. 친구의 연심을 눈치챈 G가 불편해하기 시작했고, 그럴수록 친구가 그에게 더 빠져들었기 때문에 내가 필사적으로 분위기를 가볍게 만들려고 애를 쓴 것이다. 함께 일해야 하는데 G가 우리를 껄끄러워해서는 안 되니까. 그러다 보니 극장 내 다른 여자들과 다정한 모습을 연출하는 G도 꼴 보기 싫어지고, 그런 카사노바에게 마음을 바치는 친구도 딱했다. 희한한 건 그 와중에도 G는 일주일에 한 번씩 우리를 집으로 불러 밥을 먹이는 일을 지속했다는 거다. 그때마다 전식으로 내주는 음식이 있었다. 바질을 아낌없이 뿌린 카프레제였다.

G는 우리에게 와인을 한 잔씩 따라주고, 고향에서 가져왔다는 최상급 로마노 치즈를 잘라 내놓은 뒤 정방형의 집 가운데에 있는 중정으로 나가 바질 이파리를 하나씩 하나씩 땄다. 중정에 떨어져 내리던 햇빛이 화분 쪽으로 굽힌 G의 등과 희끗해지기

시작한 머리칼 위로 떨어지고, 내 친구는 와인잔을 든 채 주체할수 없는 감정을 담은 눈으로 그 모습을 바라보곤 했다. G의 카프레제는 올리브유와 소금만으로 풍미를 살리는데, 입에 넣는 순간 바질 향이 확 퍼지는 것이, 두 사람 사이의 위태로운 감정놀음을 잊게 할 정도로 맛이 좋았다.

파리로 돌아온 후 두 사람 사이에 어떤 진전이 있었는지는 잘모른다. 친구가 그를 만나러 그 도시를 다시 찾은 적이 있다는것도, G도 파리로 와 친구를 만나고 갔다는 것도 눈치챘지만 캐묻지 않았다. 나는 그저 G를 객지 생활할 때 집밥 먹여준 푸근한 아저씨로 기억하고 싶었으니까. G가 차려준 점심상에서 처음 맛보았던 카프레제. 지금까지도 그 음식을 먹으면 입안 가득바질 향이 퍼지면서 허리를 구부려 바질 잎을 똑똑 따내던 G가떠오른다. 카사노바가 아닌, 객지 생활을 하는 직원들을 불러 밥을 차려주던 중년 아저씨가.

꿈에서 걸어 나온 뒤

～～～～～～～～～～～～～～～～～～～～～～～

    그때도 아마 딱 요맘때쯤이었을 거다. 오후의 짱짱하던 해가
기울고 나면 급작스레 선득한 냉기가 느껴져 스웨터에 팔을 꿰
게 되는 날씨였으니. 1990년대 중후반, 스물여섯쯤 되었나. 고만
고만한 또래 유학생들 몇과 누군가의 차를 얻어 타고 파리 시내
를 빠져나왔다. 한 시간 정도를 달려야 도달하는 교외 지역의 한
농가가 목적지였다. 당시 파리에 있는 영화 학교에서 유학하던
한국 학생들이 주축이 되어 단편영화를 제작하기로 했다. 누군
가는 감독을, 누군가는 스크립트를, 누군가는 섭외를, 누군가는
사진을, 누군가는 또 무엇을 등등. 전공 분야대로 역할을 맡아
팀을 꾸리고, 장소가 섭외되자 며칠간 외박할 짐을 챙겨 촬영 장

소로 향했다.

나는 다른 학교에 다니고 있었지만 전공이 영화세트, 무대미술이라 세트 담당으로 팀에 합류한 터였다. 팀원 중 하나가 친구였다. 소형차 안에서 그들과 다닥다닥 붙어 구겨져 앉아 촬영지로 향하는데 복잡한 감정에 마음이 어지러웠다. 난생처음 영화제작에 참여해보는 거라 들뜬 것도 맞지만 실은 그래 봐야 학생단편영화라는 점이 살짝 시들하기도 했다. 게다가 걱정되는 점도 몇 가지 있었다. 무엇보다 촬영 시작 며칠 전, 주인공 역을 맡기로 한 배우(지망생)를 만나고 나자 더 그랬다.

감독을 맡은 사람이 나더러 의상 담당까지 하라는 지령을 전했는데 실상은 배우가 가지고 있는 옷 가운데 촬영에 적합한 걸 고르는 데 그치는 일이었다. 다들 포부에 들떠 팀을 짰으나 돈은 별로 없고, 필름 사고 숙소 잡으니 남는 게 있을 턱이 있나. 뭐든 제작비가 안 드는 걸로 충당해야 했다.

조감독을 맡은 이와 조우해 파리의 후미진 골목길을 걸어 올라 그녀가 산다는 아파트에 다다라 초인종을 누른 날이었다. 문 안쪽에서 들려오는 슬리퍼 소리, "잠깐만요" 하는 걸쭉한 목소리, 둘 다 불안정했다. 문이 열리자 새파랗게 물들인 커트머리에 깡마르고 창백한 피부의 여자가 서 있었다. 손에 든 담배를 깊게 빨아들이며 들어오라고 손짓하던 그녀. 주로 쓸모없는 분야에

특화된 기억력을 갖고 있는 나지만 그녀의 이름은 생각나지 않는다. 끊임없이 뿜어 나오던 담배 연기, 그 덕에 탁해진 목소리로 이어가던 러시아 억양 섞인 불어는 생생하지만.

불어를 한마디도 하지 못하는 그녀의 이모인지 고모인지가 끓여준 차를 마시는데 담배가 걸린 그녀의 손가락이 달달 떨리고 있었다. 나와 조감독의 눈길을 의식했는지 그녀가 털어놨다.

"아, 요즘 헤로인을 좀 자주 했더니…….."

대마초도 아니고, 헤로인? 나는 깜짝 놀라 물었다.

"그런 걸 하고도 몸이 버텨내?"

파랑 머리가 피식 웃었다.

"넌 의사가 하라는 거 다 하고 사냐?"

방으로 들어가 함께 옷을 고르고 나자 그녀가 입어보겠다며 옷을 들고 일어섰다. 다른 공간으로 가서 옷을 갈아입고 오겠지 싶어 조 감독과 나란히 앉아 기다리는데 그녀가 선 채로 휙 뒤돌아서더니 입고 있던 원피스를 훌렁 벗었다. 원피스 안은 완전한 알몸이었다. 반사적으로 옆에 앉은 조감독의 얼굴을 돌아봤다. 스누피가 그려진 티셔츠를 입은 앳된 인상의 청년. 조감독은 필사적으로 태연한 척을 하고 있었다. 불쌍해라! 아니지, 횡재한 건가? 그녀는 나와 함께 고른 서너 개의 의상을 그런 식으로 나와 조감독 앞에서 번갈아 갈아입어 보였다.

정신이 맑아 보이지 않는 배우를 만나고 나니 어찌 걱정이 안 되겠는가마는 어쨌거나 며칠 뒤 그렇게 촬영 여행을 떠나게 되었다. 촬영지에 도착해 다른 차로 온 팀원들과도 다시 만났다. 감독을 맡은 이는 서글서글한 인상에 빨간 체크 셔츠를 입고 있었다. 그 역시 우리와 다를 바 없는 유학생이었다.

촬영 장소로 섭외한 곳은 초라한 프랑스 농가 지하 창고의 아무것도 없는 흙바닥이었다. 쥐구멍보다 조금 큰 창에서 겨우 빛 한 줄기 들어오는, 그야말로 암울했지만 어찌 보면 여배우의 분위기와 맞아떨어지는 곳이었다. 어디서부터 시작해야 하나. 암담한 마음으로 흙바닥 한가운데에 서 있었더니, 체크 셔츠 감독이 난처한 표정을 지으며 내게 말했다.

"어떻게 좀 해보세요."

일단 밖으로 나가봤다. 가꾸지 않아 엉킨 농가 주변 수풀 속에 벽돌이며 자갈, 낡은 기와, 버려진 낡은 가구 등이 널려 있었다. 되는대로 주워 왔다. 제일 처음 한 일이 기왓장 하나를 바닥에 내리쳐 박살 낸 것이었다. 뭘 하려나 싶어 눈을 휘둥그레 뜨고 지켜보던 팀원들이 하나둘씩 나서서 도왔다. 깨뜨린 기왓장들과 벽돌을 창고 기둥 주변에 쌓고, 쓰레기 가구를 창고 안으로 들여오고, 거미줄을 걸었다. 시간이 지나자 빈약하고 음산하나마 그곳은 나름 방이라고 이름을 붙일 수 있는 공간으로 변모하게 되었다.

그렇게 난생처음으로 단편영화의 엔딩 크레딧에 내 이름을 올리게 되었고, 체크 셔츠 감독이 촬영한 필름을 편집한 뒤 비디오테이프 카피 본을 떠서 팀원들에게 돌렸던 걸로 기억한다. 나중에 파리의 아파트에서 친구와 함께 비디오테이프를 돌려보면서 내 이름 철자를 물어보지도 않고 'Yeajin'이 아닌 'Ye-jin'으로 박아 넣었다며 투덜거린 것이 그 영화에 대한 마지막 기억이었다. 그리고 잊고 있었다.

며칠 전, 넷플릭스에 올라온 한국 영화 한 편을 틀어놓고 빨래를 개고 있을 때였다. 아이의 티셔츠를 접으며 무심코 시작 화면을 들여다보는데 제작자의 이름이 어딘가 익숙했다. 잠깐만. 영화계니 혹시…….

검색 결과를 보니 내 추측이 맞았다. 중년이 된 빨간 체크 셔츠. 한 영화사의 대표가 되어 월드와이드로 대박 친 영화의 제작자가 되어 있었다. 뒤통수를 맞은 듯 멍했다. 그러나 오래 그러고 있진 않았다. 요즘 자주 맞닥뜨리는 종류의 일이니까.

미 중부 지역 황량한 벌판에 몰아치는 눈발을 바라보며 아기를 업고 자장가를 불러줄 때, 뇌를 써야 입이 열리는 영어에 지쳐 서울을 무대로 펼쳐지는 드라마로 위안을 할 때, 싸이월드, 페이스북, 카카오스토리를 통해 홈그라운드에서 꿈과 현실의 거리를 좁혀가는 친구들의 근황을 지켜볼 때 나는 이미 예측하고 있었던 것 아닐까. 언젠가는 이런 상황과 맞닥뜨리게 될 거라는 사실을.

영화 내용을 따라잡느라 랩톱 모니터를 흘끔거리며 빨래를 개는데 물을 마시려고 주방에 내려온 아들이 흘끔 보더니 제목을 말한다.

"이 영화 알아?"

"네. 이거 내 친구들도 거의 다 봤어요. 꽤 유명해요."

아들이 다니는 고등학교엔 아들 외엔 한국인이 한 명도 없는 걸로 알고 있다. 그런데도 많이들 봤다니 정말로 히트작이긴 한 거다. 자랑하고픈 마음에 아들에게 말했다.

"엄마가 오래전에, 단편영화 제작에 참여한 적 있는 거 알아? 이 영화 만든 제작자하고, 다 같이 학생일 때."

"진짜요?"

그래. 진짜. 네게는 한낱 잔소리꾼에 불과할 이 '뻔한' 엄마도 말이지, 한때는 리버럴하다고 자부하는 예술학도였단다. 지금의 엄마한테는 너무나 눈부신 곳에 가 있는 저들하고 같은 선상에서 있던. 안 믿어진다고? 증거가 있어! 가만있자, 그 비디오테이프가 어디 있더라? 아 참, 찾아도 소용없겠구나. 비디오테이프를 재생할 방법이 없으니. 흑!

매우
탁월한
취향

✦

PART 2

얇고 톡톡한 여름 이불을 깐 침대에서 뒹굴거리며 책 읽는 일
요일 오후. 천생 뉴욕 여자인 주인공을 통해 묘사되는 중부 지역
사람들 이야기가 너무 웃기고 공감되어 포복절도하다 감정이입
이 과했는지 금세 지쳐서 창으로 눈을 돌렸다. 냉방이 되는 실내
에서 까슬까슬한 이불에 살갗을 부비는 기분. 살아 있어서 느낄
수 있는 좋은 것들 가운데 열 손가락 안에 꼽히는 것이지 않을
까. 바람에 몸을 내준 채 출렁이는 뒤뜰의 나무들을 누워서 보고
있자니 세상만사 그 어느 것에도 우선순위를 매기고 싶지 않게
된다. 그저 이 방 한 칸의 신선놀음을 길게, 더 길게, 늘어뜨리고
싶은 마음뿐.

바다로 가서 수영을 할까도 싶었지만 식구들이 다 귀찮아할 것 같아 잠시 생각하다 말았다. 희한한 게, 나 혼자 몸이면 아무도 필요로 하지 않고 나갈 것이 분명한 성격인데 식구들과 함께 있는 상황에선 나를 떼어내는 스케줄을 만드는 게 잘 안 된다. 결혼하지 않은 친구들이 조소하는 '정서적으로 아이들에게 매여 있는 뻔한 여자'인 나는 사실 그게 싫지 않다. 현재의 위치에서 내 몫을 잘해내고 있다는 만족감을 상실할 이유가 없다. 어차피 이 포지션도 아이들이 독립하면 바뀔 한정적인 것이니까. 얼마 안 남았다. 그런데 그때는 다시 원래의 내가 될지, 그건 잘 모르겠다.

책 읽기와 글쓰기를 즐기는 취향 때문에 의도치 않게 방콕을 많이 했지만, 나는 사실 아웃도어 형이다. 바다를 바라보며 즐기는 사람이 있다면 나는 물에 뛰어드는 걸 좋아한다. 수영복 위에 원피스 하나 걸치고 돌아다니다가 오며 가며 (충동적으로) 바닷물로 들어가 피부가 커피색이 되도록 태양 아래서 놀다 오고 싶은 어린아이가 여전히 내 안에 있다. 그래서인지 아이들이 둥지를 떠나고 난 후를 생각하면 마음 한쪽이 허물어지는 것 같다가도 삐죽하니 해방감에 대한 기대도 올라온다. 언제고 날씨만 더우면 비디에 뛰어드는 자유인으로서의 내가 되살아날지도 모른다는 기대. 그리고 그때가 되면 진짜로 '그 여자'처럼 될 수 있을 것 같다는 기대.

그 여자는 오래전 남프랑스의 한 지방 도시에서 만났다. 당시 나는 그 도시의 시립극장에서 일하느라 몇 달간 극장 가까운 숙소에 체류 중이었다. 무대미술 관련 일이라 세트 제작소에도 자주 가야 했는데, 그곳은 도심에서 좀 떨어져 있어서 제작소에서 일이 있는 날은 하루 종일 거기 머물렀다. 그 사람은 제작소 직원 중 유일한 여자였고, 재봉 담당이었다. 공연 의상 바느질은 극장 내 의상팀이 담당하고 있어서 제작소에서 해결하는 바느질은 다 무대 배경막을 위한 천 이어 붙이기 작업이었다. 둘둘 말린 천을 풀어 이어 붙여 대형 막으로 만드는 단순한 일을, 출근부터 퇴근까지 게으름 피우지 않고 했다. 온종일 기계처럼 일을 하면서도 정확히 두 시간마다 한 번은 일에서 손을 놓고 담배를 피웠다. 담배를 피울 때 여자의 옆얼굴에서 비치는 만족감과 평화가 내게 의문을 일으켰다. 저렇게 창의력이라고는 손톱만큼도 필요 없는 단순 반복 작업을 하루 종일, 아마도 평생 하며 살게 될 인생에도 낙이 있을까 하는. 그 여자가 잡담도 거의 안 하는 성격이고 무례하진 않지만 곁을 주지도 않는 사람이라 나나 그 여자나 서로 별 관심도 두지 않다가 하루는 서로 쉬는 시간이 겹치는 바람에 물어보게 됐다. 어떻게 그리 하루 종일 일에 집중할 수 있는지 정말 대단하다고 했더니 그 여자가 환하게 웃으며 말했다.

"바느질하는 게 좋으니까요."

말도 더 길게 섞지 않았고, 이후로도 갈 때마다 인사만 하고 지냈기 때문에 그 여자에 대한 정보는 더 얻은 게 없지만, 바느질이 좋다는 그 여자의 표정과 수식 없는 말에서 그 대답이 진심이라는 걸 느꼈다. 창의적이고 그럴듯하고 폼 나는 직종이어야 살맛 나게 사는 거라는 내 편견이 허를 찔린 일화라 가끔씩 그녀가 생각나곤 했다. 알 수 없는 이유로 인상에 깊이 남는 사람들이 더러 있는데 요즘 들어 더 자주 그 여자 생각이 나는 건 부러움 때문인 것 같다. 털끝까지 자기 소유인 취향을 직업으로 삼고도 온유하고 단단하게 시간을 컨트롤하는 확신에 대한 부러움. 나는 감정 기복이 많은 편이라 스스로를 들볶는 리듬을 주기적으로 맞으며 시달리며 산다. 그런데 요즘은 나도 그 여자를 얼마만큼은 따라잡은 것 같다. 나이를 먹어서 좋은 게 있다면 이런 것 아닐까. 철썩이는 감정의 파도를 타게 됐을 때, 멀미하지 않고 기다릴 수 있게 되었다는 것.

침대에 누운 채로, 육신의 눈으로는 창 너머를 바라보면서 마음의 눈으로 내 감정을 응시해본다. 어느덧 머릿속에서 굴러다니는 것들이 생겨난다. 소설의 원료들. 그것들을 따라가보니 길 끝에 그 여자의 재봉틀 소리가 있었다. 드르륵 드르륵.

바다를 지키는 도서관

겨울이 긴 뉴잉글랜드 지역에 살다 보면 봄을 기다리는 마음이 처절해진다. 그래 봐야 꽃 피기 시작하는 시기가 한국에 비해 3주에서 4주 정도 늦는 것인데 그 몇 주 차에 그렇게 애가 닳는다. SNS에 미리 올라오는 한국의 봄꽃 사진들을 보면서 내가 마치 큰 손해라도 본 양 약이 오르는 것이다. 기온이 높아야 제격인 여가 활동이 활발한 바닷가 지역이라 유독 더 따뜻한 날씨를 기다리게 되는 것 같다.

어릴 때부터 늘 바다 근처에서 살아보기를 원했기 때문에 이 지역으로 이사를 오게 되었을 때 뛸 듯이 기뻤는데 막상 겪어보니 바다를 즐길 수 있는 계절이 기대만큼 길지가 않아 매해 아쉬운 마음으로 여름을 떠나보내곤 한다. 내 전생은 바닷물고기였을까. 유난스럽게 물을 좋아하긴 했다. 서해나 동해의 해수욕장으로 떠나곤 했던 유년 시절의 휴가철, 지루한 도로를 달리고 달려 짠 내음 섞인 공기가 맡아질 때면 어찌나 설레던지.

지금 사는 곳 근방에는 갖가지 종류의 바닷가가 있다. 호반처럼 평화로운 동네 공원 바닷가가 있고, 대공황 이전 올드머니가 세운 저택과 드넓은 잔디밭이 짝을 이룬 바닷가가 있고, 관광객은 물론이요 동네 날라리들까지 죄다 모여들어 시끌벅적한 바닷가도 있다. 그중 내가 가장 요긴하게 이용하는 곳은 아늑한 식당이며 예쁜 가게들이 오밀조밀 들어선 거리와 운치 있게 꾸며놓은 요트 선착장이 줄줄이 이어진 바닷다. 여름날 해 저물 무렵, 아이스크림이나 커피컵을 손에 들고 그곳의 선착장 보드워크를 따라 걷다 보면 두 가지 감정이 교차하곤 한다. 영화 세트같은 이국적 풍경 속에 들어와 있다는 시각적 만족감과 그 이국적 '부티'가 주는 이질감.

해풍에 그을린 피부에 선글라스를 끼고 요트에서 내려서는 금발의 노부부, 부모나 친척이 소유한 요트의 갑판에서 카드놀이를 하며 깔깔대는 아이들의 모습이 이 지역 어디를 가든 눈에 띄는 아시아계인 내게 현실적일 수 있겠는가. 앵커를 물속에 던져놓고 배에서 걸어 나오는 리플리나 개츠비를 맞닥뜨릴 것 같은 영화적 상상력을 음미하게 되는 것도 이방인으로서 느끼는 풍광의 비현실성 때문이다.

흥미로운 점은, 지도상으로 보면 얼마 되지 않는 거리의 바닷가일지라도 근처 동네의 소득 계층 차에 따라 바다를 소비하는 방식이 다르다는 것이다. 위에서 언급한 비현실적으로 이국적인 바닷가 같은 경우는 작은 공원으로 꾸며진 동네의 위락시설인데 근처의 거주민이 아니면 어디 붙어 있는지도 잘 모르는 숨겨진 장소다. 장소의 비접근성 때문인지 그곳을 찾는 이용자들은 조용하고 경치 좋은 곳에 예쁜 집 지어놓고 사는 지역사회 유지들이 많다. 물론 나는 거기에 해당하지 않지만 가끔 놀러 가서 그 동네 재력가들의 고급 취미 덕을 볼 때가 있다.

어느 해 여름인가는 그 작은 바닷가에서 '셰익스피어 연극의 밤' 행사가 있다기에 피크닉 준비를 해서 갔다. 식구 수대로 챙겨간 접이식 의자를 모래밭에 세워놓고, 간단한 음식을 먹으며 연극이 시작되기를 기다리는데 주변을 보니 간이 테이블에 예쁜 초를 밝혀 놓고 와인과 안주를 곁들여 먹으며 운치를 즐기는 사람들도 있었다. 그 작은 바닷가에서 자주 일어나는 종류의 행사인지, 모두들 익숙하고도 소박하게 동화적이면서도 비현실적인 풍경에 자연스레 녹아들어 있었다. 연극 무대는 그 바닷가에 늘 있는 작은 정자였다. 세트도 음향도 없이 파도 소리와 바

낮바람을 맞으며 구경하는 무대였는데 놀랍게도 배우들은 전부 뉴욕 브로드웨이에서 활동하는 전문 공연예술가들이었다. 브로드웨이라면 공연예술계의 메카 아닌가. 알고 보니 그 동네 부자 한 사람이 자신의 아들이 연출자로 있는 뉴욕의 극단 단원들에게 휴가를 보낼 수 있도록 저택을 제공해주면서 대신 지역주민에게 연극을 보여주면 어떨까 제안한 것이었다. 브로드웨이에서 수입한 배우들이니 연기는 최상급일 수밖에. 우연히 접한 정보로 찾아간 우리 식구들에게는 기대 이상의 문화적 수혜라 그날의 경험은 풍경화 같은 추억으로 남게 되었다. 아름다운 풍경에 파도 소리, 석양이 물드는 바다를 등지고 구경했던 셰익스피어 연극이 추억의 한 페이지를 장식하고 있는 이상 그 바닷가를 좋아하지 않을 방법이란 없다.

얼마 전, 친구와 점심을 함께하기로 해서 근방의 선착장에 갔다가 시간이 좀 남아 차를 몰고 그 바닷가에 잠시 들러봤다. 쌀쌀한 삼월의 날씨. 비성수기의 바닷가는 숙명적으로 쓸쓸했다. 모래밭은 말라붙은 해초들로 지저분했고, 홍합을 쪼아 먹으려고 바위틈을 뒤지는 갈매기들도 배고프고 추워 보였다. 잠깐 차창을 내려봤는데 바람이 칼 같아서 차 밖으로 나가볼 엄두는 나지 않았다. 볕은 좋은 날이라 금세 자리를 뜨기 아쉬워 청명한 물빛을 눈에 담으며 음악 두어 곡을 재생해 들었다. 영국 밴드 킨

Keane의 음악이 서정적으로 쓸쓸한 바다 풍경과 어우러지는 걸 체험하니 그 장소의 추억 앨범에 또 하나의 그림이 추가된다. 어쩌다 보니 그 장소와 관련된 문화 체험은 우연하게도 다 영국과 관련된 것이 되었다. 영국이 인도와도 바꾸지 않겠다고 했던 셰익스피어, 다수의 예술가들을 배출한 서식스 지방 출신의 밴드 킨. 계획하지 않고 만든 공통점을 의식하면서 이런저런 상념을 흘려보내는 동안 곡은 끝이 났고, 약속 시간이 거의 다 되었다 싶어 시동을 걸었다.

차를 돌려 바닷가를 나가려던 참인데 공원 입구에 전에는 보이지 않았던 입식 편의 시설 하나가 서 있는 게 눈에 들어왔다. 뭔가 싶어 차를 바싹 대고 들여다보니 책꽂이였다! 새장처럼 생긴 앙증맞은 책꽂이. 그 조그만 책꽂이에 비가 들이치지 않도록 유리문이 달려 있었고, 지붕에는 빨간 칠이 예쁘게 되어 있었다. 작은 규모의 시설이라도 목가적인 느낌을 주기 위해 신경 썼다는 게 엿보였다. 지붕 밑에는 'Little Free Library'라는 단체와 지역 학생들이 기증한 시설물이라는 안내문이 적혀 있었다. 바닷가에서 시간을 보내고 싶어서 온 사람이면 누구든 책을 꺼내서 읽을 수 있고, 떠나기 전 도로 꽂아놓으면 되는 거였다.

소소하지만 사뭇 감동적이고 깜찍한 편의 시설 앞에서 나는 쉽사리 떠나지 못했다. 브레이크에서 발을 떼지 못한 채 공원 잔디밭의 작은 도서관을 한동안 바라봤다. 바다와 마주 선 채 어깨를 붙이고 서 있는 책들. 저 책들을 꺼내 읽는 사람들이 몇이나 될까. 시릿하고 아련했다. 종이책을 낙관하는 이들이 사라지고 있다는, 문학이 외면받고 있다는 시대에 굳이 소설을 쓰고 있는 나 또한.

새장처럼 작은 도서관에서 시선을 거두며 브레이크에서 발을 떼었다. 바다를 뒤로하고 약속 장소로 향하는 내 머릿속에 무언가가 반복적으로 밀려와 철썩이고 부서졌다. 읽히지 않을 수도 있다는 점에서 닮아 있는 바닷가 책들과 내 소설이 시대와 충돌하며 비명을 질렀던 것일까.

아이들 개학 전날이라 이런저런 준비로 분주한 날이었다. 오전 중 벨이 울려서 문을 열어보니 현관 앞에 동네 꼬마들 넷이 서 있었다. 모두 여자아이들이었고, 만 다섯 살 정도부터 여덟 살 정도의 연령대가 섞여 있었다. 최근 들어 몇 집 건너 이웃 마당에서 자주 모여서 노는 아이들이었다. 그중 제일 큰 아이가 의젓하게 말하길, 자신들이 네일아트 사업을 시작했으니 매니큐어를 칠하지 않겠느냐는 거였다. 가격은 1달러. 막내로 보이는 꼬마가 불쑥 나서서 거들었다.

"손 마사지도 해드려요!"

나는 아들만 둘을 낳아서 내 아이들이고 아이의 친구들이고 거의 남자아이들만 상대해왔던지라 조그만 여자애들이 몰려와 짐짓 심각하게 호객 행위를 하는 모습이 어찌나 귀엽던지 뱃속이 다 간질간질했다. 곧 점심 준비를 해야 하고 오후에는 외출할 일도 있어서 여유가 없는 와중에도 말상대를 좀 해주면서, 지금은 바쁜데 혹시 시간이 날 경우를 위해 기억해두겠다며 아이들을 돌려보냈다. 파자마 바람으로 게임을 하고 있었던 둘째 아들은 예고 없이 몰려온 여자애들에 놀라 소파 뒤로 도망간 채 숨어서 듣고 있다가 나와 꼬마 아가씨들 사이의 대화가 우스운지 낄낄댔다.

한 시간쯤 지났을까. 또 벨이 울렸다. 아까 왔던 아이들 중 더 어린 아이 둘이었다. 분홍 헬멧을 쓰고 분홍 자전거를 붙든 채 서서 이제 시간이 나느냐고 물었다. 점심을 차리고 있던 중이라 곤란하다고 하니 한 아이가 다른 아이에게 핀잔을 줬다.

"내가 뭐랬어? 아까 왔던 집이니 다른 데로 가자고 했잖아!"

무안을 당한 아이가 기죽은 표정과 목소리로 오물거렸다.

"이 아줌마는 꼭 할 것 같아서 그랬지……."

30분쯤 지났을까. 이번에는 넷 중 큰 아이 둘이 다시 왔다. 보스급들이 최후 공략에 나선 모양이었다.

"이제는 할 일을 다 하시지 않았을까 해서요."

아이들은 거절을 돌려 말하는 어른들의 기술을 알아채지 못한다는 걸 간과한 내 잘못이었다.

"우리 집 문 앞에 앉아서 해도 되면 할게. 집을 비울 수는 없거든."

아이들은 저만치 떨어져 있는 나무 그늘 밑 놀이 본부를 네일 살롱이라고 명명한 바였다. 예측하지 못했던 출장 서비스 제안에 꼬마 아가씨들의 동공이 잠시 흔들렸지만 결국 고객의 요구가 수용되어 딜이 성사됐다.

기술자로 추정되는 아이와 내가 나란히 현관 포치에 앉아 기다리는 동안 어시스트 격 아이가 냅다 달려가 가방을 가져왔다. 자그마한 쇼핑백 안에 무려 다섯 개나(!) 되는 매니큐어가 들어 있었다. 어시스트는 포치 위에 매니큐어 병들을 늘어놓더니 다른 손님이 올지도 몰라 자기는 살롱을 지키겠다며 휑하니 가버렸다.

내 손톱을 칠해줄 기술자의 이름은 시드니였다. 전문성을 존중해주는 차원에서 실제 살롱에서 하는 대로 손톱칠을 하기 전 지불부터 했다. 동업자들도 있는데 1달러는 너무 적은 것 같아 팁이라고 이름 붙여 2달러를 줬다. 시드니의 지프락 현금 주머니를 흘끗 보니 지폐 두어 장에 동전 몇 닢이 들어 있을 뿐이었다. 개시 영업이 잘되고 있냐고 묻자 시드니가 머리카락을 귀 뒤로 꽂으며 멋쩍게 웃었다.

"별로요. 아줌미가 두 번째 손님이에요."

저런. 전 직원이 동원되어 오전 내내 홍보한 것치고는 시장 분위기가 너무 냉랭하지 않은가. 바꾸어 말하면 내가 이 동네 '레이디'들 중 두 번째로 만만한 '호갱님'이라는 얘기다. 아니나 다를까. 시드니가 덧붙였다.

"제 느낌인데, 아줌마가 이 동네에서 제일 좋은 분 같아요!"

나는 늘어선 매니큐어 병들을 둘러보고는 보라색과 연두색 두 가지를 고른 뒤 오른손과 왼손에 각기 다른 색을 칠해보고 싶다고 했다. 시드니는 내게 '매우 탁월한 취향'이라고 칭찬해주고는 비장한 태도로 매니큐어 병뚜껑을 비틀어 열었다.

여름날의 정취를 즐기기에 더할 나위 없는 날씨였다. 햇살은 강렬했지만 그늘진 현관 앞은 쾌적했고, 이웃 중 누군가가 방금 잔디를 깎았는지 지나가는 바람에 업힌 풀냄새가 코끝을 스쳤다. 여릿한 손이 내 손가락을 붙들고 매니큐어를 칠하는 걸 보고 있으니 노곤해지면서 솔솔 잠이 오기까지 했다. 스파 서비스를 받을 때와 별로 다르지 않았다. 보통 그런 곳에서는 직원이 손님 한테 말을 붙여 친근감을 표시하는데, 시드니는 아직 그런 영업 기술까지는 터득하지 못한 모양이었다. 혹시 실수라도 할까 극도로 집중하느라 눈이 몰릴 정도였다.

삐질삐질 새어 나오는 웃음을 막기 위해 괜스레 몇 가지 질문을 건네니 아이도 긴장이 풀리는지 제 이야기를 풀어놨다. 알고 봤더니 집이 매사추세츠에 있는 아이였다. 최근 대대적으로 집 수리를 하게 되는 바람에 코네티컷의 외갓집에 와서 여름을 보내고 있는데 얼마 전 외할머니가 돌아가셨다는 거였다. 결국 시드니와 엄마는 혼자 남은 외할아버지를 위로해드리고 유품 정리도 할 겸 이곳에 좀 더 머물러 있기로 결정했다고. 그런데 시드니는 매사추세츠로 돌아가고 싶지 않단다. 거기서 학교 다닐 때 반 아이들에게 왕따를 당해서 그렇다는 것이다. 자기는 음악을 좋아해서 악기 배우는 게 취미인데, 반 아이들이 자기 기타를 망가뜨렸을 때는 너무 슬펐다고도 털어놨다. 그 말을 할 때는 목이 메는지 잠시 말을 멈췄다. 조금 있다가 보니까 코끝이 붉게 물들어 있었다.

사람들은 일상에서 만나는 인적 그물 바깥쪽에 있는 이들과 말을 섞게 되면 의외로 속내를 잘 털어놓는다. 특히, 타인과 속이야기를 할 만큼 돈독한 관계를 형성하는 데 시간이 오래 걸리는 미국인들이 미용실, 네일살롱, 이발소 같은 곳에서 만난 사람들과 별의별 수다를 다 떠는 걸 자주 본다. 나 역시 이곳 생활이 길어지면서 그들과 닮아가는지, 평소에 내비치지 않는 심중을 엉뚱한 곳에서 생전 처음 본 사람들에게 풀어놓는 일이 잦아진다. 일상에서 겪는 것들이 대개 거기서 거기인지라 시답

잖은 내용에도 반색하는 누군가가 반드시 등장해 맞장구를 곁들인 만담으로 이어지기 일쑤다. 희한한 것이, 처음 본 사람인데도 공감대를 형성해 수다를 떨고 나면 다시 만날 일 없는 인연이라는 걸 알면서도 일종의 연결성에 위안을 받으며 마음이 가벼워진다.

나는 오른쪽에는 보라색, 왼쪽에는 연두색으로 칠이 된 열 개의 손톱을 내리쬐는 햇살에 비춰봤다. 시드니의 긴장한 얼굴이 피드백을 기다리고 있었다. 생각보다 괜찮은 솜씨이긴 한데 삐뚤삐뚤하진 않아도 어른이 내보이고 다닐 정도로 매끈한 건 아니었다. 게다가 나는 원래 손톱에 뭘 바르면 답답해서 견디지 못하는 성미이니 당일 내로 지울 게 뻔했다. 그러고 나면 시드니의 눈에 띄지 않도록 피해 다녀야겠지. 그러나 요만한 가면쯤이야. 나는 흡족한 미소를 지으며 정말 예쁘게 칠했다고 찬사를 터뜨렸다. 시드니가 환한 얼굴로 말했다.

"나중에 다시 와서 반짝이 들어간 투명 매니큐어 덧칠해드릴까요? 방금 바른 게 다 말라야 칠할 수 있으니까 오늘 오후, 아니면 내일이요."

나는 시드니의 초록색 눈동자를 내려다보며 웃어줬다.

"괜찮아. 지금 칠한 색이 너무 예뻐서 이대로가 좋거든."

시드니는 내 말을 곧이곧대로 믿는 표정으로 고개를 끄덕이고는 매니큐어 병들을 쇼핑백에 담았다. 내게 아홉 살짜리 절친은 필요 없듯이 시드니도 동네 아줌마는 금세 잊을 것이다. 내가 아무리 그날의 '제일 좋은 분(favorite lady)'이었더라도.

다만 우리 집 포치에 앉아 있던 시간이 아이에게 레이먼드 카버의 단편 같은 〈별것 아닌 것 같지만, 도움이 되는〉 삽화로 기억되기를. 네일살롱 놀이가 분주한 내 하루에 끼어들어 딸 체험이라는 추억을 만들어준 것처럼.

"고객이 되어주셔서 고맙습니다!"

인사를 건네고 돌아선 시드니가 우리 집 모퉁이를 돌아 사라지고, 나는 잠시 포치에 그대로 앉아 있었다. 늦여름 매미들이 쌔애 쌔애 울어댔다. 낮잠이나 한숨 잤으면 싶은 오후였다. 말랑하고 보송한 여운을 베개 삼아.

해저 깊은 곳 그리운 사람

～～～～～～～～～～～～～～～～～～

　몇 년째 세를 주고 있던 케이티네 집에 'for sale' 사인이 붙고 집을 보러 오는 사람들이 드나든다. 케이티는 우리 둘째가 아기 때 어울려 놀던 이웃집 동갑내기 꼬마였고, 그 가족은 우리와 비슷한 시기에 이 주택단지로 이사를 왔다가 몇 해 살고는 다시 이사를 나갔다. 이사 나가는 시점에 얼른 집이 팔리지 않자 다시 오게 될 확률도 있다며 그냥 세를 주고 가버렸는데, 이제 확실히 거취가 정해졌는지 집을 제대로 팔 요량인가 보다.

　케이티의 아빠는 해군이고, 직업 탓에 몇 년에 한 번씩 이주를 해야 했다. 이 지역은 해군 기지가 있어서 주변에 해군 가족이 많은데, 그들은 대개 3년을 간격으로 움직인다. 그들이 어디에서 오고 어디로 향하는지 듣다 보면 관심이 있건 없건 미국 해군이 지구 위 어디어디에 주둔하는지 대략 꿰게 된다. 케이티의 엄마와 나는 아이들을 함께 놀리며 이웃으로 가깝게 지냈다.

옆에서 지켜보니 해군의 아내로 산다는 건 어지간한 인내심을 필요로 하는 게 아니었다. 케이티의 아빠는 잠수함 함장이었고, 연중 집에 머무는 기간이 매우 짧았다. 한 번 잠수함을 타면 6~7개월간 떠나 있고, 그 기간은 집에 남아 있는 가족과 일체 연락할 수 없었다. 전화나 이메일은 물론 편지도 안 되었다. 유일하게 근황을 들을 방법이라곤 군 특수 기밀 보안용 기호로 쓴 걸 번역해 받아보는 정도뿐이었다. 케이티 엄마가 워낙에 밝고 느긋한 성격이라서 잘 버티긴 했지만 어린아이 둘을 키우며 장기간 남편과 연락도 못 하고 지내는 게 쉬웠겠는가.

어느 날 케이티 아빠가 집에 머물 때의 일인데, 마당에 웅크리고 앉아 꽃을 심고 있는 게 보기 좋아서 덕담을 건넸다. 꽃 예쁘다며 칭찬도 하고 오랜만에 아이들을 보아 기쁘겠다 했더니 케이티 아빠가 고개를 끄덕이면서 아내의 눈치를 흘끗 보고는, 아이를 하나 더 낳고 싶단다. 그러자 케이티 엄마가 "당신 정말……"하면서 남편을 흘겨봤다. 늘 웃는 여자가 얼굴을 구기는 걸 보며 남편의 부재가 힘들긴 힘들었구나 싶었다.

몇 년을 그렇게 이웃으로 지내다가 케이티네가 다른 지역으로 이주할 때가 왔다. 케이티 엄마는 이사를 가기 전 마지막 잠수함 입항식에 우리 가족을 초대했다. 1년의 반 이상 되는 기간을 바닷속에 잠겨 돌아다니던 잠수함이 베이스 기지로 들어오면 군 차원의 행사를 하나 본데, 함장이 잠수함과 함께 다른 기지로 가게 되는 시점엔 행사가 좀 더 커지는 모양이었다. 덕분에 나는 팔자에 없던 미 해군부대까지 들어가볼 기회를 얻었고, 입항해 들어온 해군 잠수함의 위용 앞에서 펼쳐지는 군악대의 퍼포먼스, 군 장성들의 연설을 구경하는 경험을 했다.

케이티 엄마는 예쁜 드레스를 입고 가족석으로 마련된 자리에 앉아 있었는데, 보니까 가족들은 그 행사에 와서야 몇 달 동안 잠수함 속에 있다가 뭍으로 나온 연인, 남편, 아빠, 자식을 만나는 거였다. 이런저런 절차를 거쳐 제복을 차려입은 대원들이 하나씩 호명되는 시간이 왔고, 그러면 가족들은 자리에서 일어나 본인들의 가족인 해당 군인에게로 걸어가 차례로 상봉을 했다. 젊은 연인들은 뜨거웠고, 부부는 애틋했다. 그 애틋함은 케이티네 가족에게서도 연출되었다.

보는 이로서도 뭉클해지는 순간이라 묵묵히 군인 가족들의 상봉 장면을 지켜보고 있는데 어떤 어머니와 아들의 만남이 유독 눈길을 끌었다. 제일 하급 병사 중 한 사람이 호명됐을 때였다. 연단의 마이크를 거친 누군가의 이름이 울려퍼지자 한눈에 보기에도 몸이 불편하고 행색이 남루한 여인이 가족석 한쪽에서 일어나 아들에게 천천히 걸어갔다. 동작이 워낙에 느렸기 때문에 마치 슬로모션처럼 보여서 사람들의 이목을 더 끌었다. 지팡이 같은 것에 걸음을 의지한 여인이 절뚝거리며 아들에게 다가가는 동안 미동도 없이 서 있던 한 젊은 병사의 눈이 젖어들었다. 가족이 사정거리까지 오기 전에는 당사자가 움직이면 안 되는 행사 규정이 있는 듯했다. 드디어 어머니가 가까이 오자 제복을 입은 아들과, 가진 옷 중 가장 좋은 것으로 골랐겠지만 그럼에도 낡고 구식인 드레스를 입은 어머니가 서로를 부둥켜안고 울었다. 사연이야 알 수 없어도 그날 마중 나온 사람들 중 동행 없이 혼자였던 이는 그 여인뿐이었다.

나는 그 광경을 보면서 짠하면서도 매우 복잡한 기분이었는데, 그 시기가 천안함 사건이 있고 얼마 지나지 않았던 때라서 더 그랬다. 천안함에서 목숨을 잃은 사람들이 누군가의 연인이었고, 남편이었고, 아버지였고, 아들이었을 당연한 사실을 복기하지 않을 수 없었다. 동시에, 줄기차게 벌어지는 남북 간의 반목, 한국의 우방이자 마음만 먹으면 한반도에 위협을 가할 수도 있는 미국의 군사력, 그리고 그 모든 것을 이루는 개개인은 자기 집 마당에 꽃을 심는 아빠이며 가난하고 아픈 홀어머니가 억장이 무너지게 기다리는 아들이라는 생각들이 머릿속에서 메아리

쳤다.

우리 가족에게 더없이 선하고 좋은 이웃이었으며, 자신들의 의미 있는 행사에 우리를 초대해줬던 케이티네는 그로부터 한 달쯤 뒤에 작별 인사를 하고 이 동네를 떠났다. 그때로부터 10년이 지났고, 이 글을 적는 오늘은 한국 전쟁이 일어난 지 정확히 70년이 된 날이다. 내가 발 딛고 사는 나라에 어떻게든 마음을 붙여보려는 노력, 그 나라가 나를 낳고 기른 나라의 운명을 좌지우지하고 있는 데 대한 유감스러운 마음의 양가감정은 별도로 하고, 어느 나라 군인의 가족에게든 부디 슬픈 일이 없기를 소망하며 이 글을 쓴다.

바닷가 근처가 대개 그렇듯 주변에 섬이 많다. 그중 유독 작은 섬이 하나 있는데 섬이 통째로 가톨릭 수도원이고, 종교 시설이라 광고를 하진 않지만 지역민들 사이에서는 풍광이 좋기로 입소문이 나 있는 곳이다. 둘레길을 따라 쉬지 않고 걸으면 20분 안에 출발한 곳으로 돌아오게 되는 규모의 아담한 섬인데, 꽃피는 계절에는 이곳이 바로 낙원이겠거니 싶게 평화롭고 아름답다. 요즘은 미국도 신자가 줄고 있어서 오래된 종교 시설 관리가 어렵다고 하는데, 이 수도원은 바닷가 부촌을 지나야 도달하게 되는 섬에 있어서 그런지 근처 주민들의 관심과 애정을 받으며 그런대로 유지 및 보수가 되고 있는 것 같다.

회색 구름이 낀 날씨지만 오랜만에 기온도 내려갔고, 토요일이라 마음도 넉넉해서 아침 식사 후 그 수도원 섬으로 산책을 나갔다. 섬은 관계자들이 꾸며놓은 꽃밭이며, 사과나무와 포도나무길, 바다를 향해 속을 열어놓고 서 있는 채플 등으로 구석구석 오밀조밀하다. 동화 같고 목가적인 풍경을 둘러보며 걷자니 신을 믿지 않는 나도 감사를 전하고 싶은 마음이 우러난다. 나는 믿는 종교가 없지만 종교의 확산이나 수축, 이동, 전파 등의 움직임은 눈여겨본다. 인간의 신념이 응집되는 곳에서 발생하는 일들의 영향력이 간과할 수 없는 흐름을 만들어내는 것에 대한 일종의 공포를 갖고 있다.

한국에 기독교의 씨를 뿌리고 가꾸기 시작한 건 서구인들이었으나 아이러니하게도 그들에게 종교는 이제 신념에 기댄 세계관의 축이라기보다는 전통과 문화로 자리한다. 비교해보면 유럽인들에 비해 미국인들의 생활에 종교가 더 밀착되어 있긴 하다. 사람들 사이의 간격이 넓은 환경 때문일 것이다. 도시보다는 외진 곳으로 갈수록 종교적인 사람들이 많다. 그래도 미국 사람들과 대화해보면 종교 생활을 열심히 하는 사람일지라도 신앙에 매몰된 화제로 이야기를 이끄는 경우는 드물다. 다른 종교를 믿는 사람들이나 무신론자들과 어울릴 때 상대가 거부감을 느끼게 하는 신앙인을 본 적이 없다. 물론 종교적 신념과 정치적 신념을 동일선상에 놓을 정도로 비상식적인 사람들을 제외하고 보면 그렇다는 얘기다. 어차피 무신론자와 종교를 가진 사람들이 어울려 살아가는 세상이라는 걸 모르는 사람은 없다. 그러니 종교가 성숙하고 상식적인 모습으로 인간의 영혼을 어루만져주면 누군들 그 선한 기능을 끌어내리겠는가. 인간이란 본래가 나약한 존재인 터라 절대자에게 기대는 마음이야 대개 일견 공감하고 이해할 테니까.

모처럼 시원해진 날씨, 선선한 해풍을 맞으며 타인의 종교, 그 세계 안의 사람들이 성심으로 가꾼 곳에서 정신을 환기하니 절로 고마워져서 존중하는 마음을 품으며 섬과 육지 사이에 드리워진 다리를 지나왔다.

안타까운 점은 그렇게 영혼의 부유물을 걸러내고 온 내가 집에 돌아와 인터넷에 접속했다는 것이다. 하필이면 제일 먼저 보게 된 것이 온갖 혐오의 말을 쏟아내는 종교 지도자와 광화문에 구름떼처럼 모여 그에게 열광하는 사람들의 집회 소식이라니. 팬데믹의 바이러스조차도 두렵지 않게 하는 종교의 힘과, 작은 섬에 다리를 놓고 꽃을 가꾸는 종교의 힘에는 어떤 차이가 있는 것일까. 확성기에 대고 욕설을 하는 사람과, 바다가 보이는 수도원의 정자에서 차를 마시는 사람이 기도를 드리는 대상은 같다. 그런데도 나는 어째서 그 짧은 시간대 안에서 극단적인 두 가지 모습을 보아야만 했을까. 그 비현실적 괴리를 만드는 양 끝 중 어두운 장면이 내가 늘 그리워하는 서울 한복판에서 벌어졌다는 사실에 입맛이 썼다.

갑자기 방금 보고 온 섬의 적요한 아름다움이 아득하고 멀게 느껴졌다. 가끔씩 문득, 미 대륙에 발이 닿지 않은 채 걷고 있는 나 자신을 느낄 때처럼.

바이 바이 블랙버드

전축과 관련된 아버지와의 추억담을 써놓은 유명인의 글이 온라인상에서 돌아다니는 걸 우연히 읽게 됐다. 해당인의 가정사가 상당한 논란을 일으켰고, 그가 쓴 글에도 온갖 댓글이 다 달려 갑론을박이 펼쳐졌다. 저자의 의도야 차치하더라도 글은 감칠맛이 있었던지라 나도 내 기억의 페이지 이곳저곳에 들어앉은 전축 이야기를 좀 정리해보고 싶어진다. 바야흐로 LP가 다시 우대받고 있는 레트로 시대 아닌가.

내 기억의 첫 번째 전축은 스피커 없이 앰프와 턴테이블만으로 구성된 불완전한 세트였다. 내가 태어나기 전부터 있었던 살림으로, 엄마가 미혼일 때부터 가지고 있었던 거라고 했다. 결혼을 하면서 좁은 신혼집에 스피커까지 들여놓을 수 없어서 본체만 가지고 온 거라고. 첫 아이인 내가 걸음마를 하고 말을 튼 뒤, 그러니까 내가 주변의 사물을 의식하게 되고 난 직후인 것 같다. 집 안에 있되 쓰임새는 없었던 그 물건의 정체가 궁금해서 엄마한테 물었던 기억이 있다. 처음으로 들었던 말이 '음악을 듣는 전축이라는 물건인데 지금은 쓸 수가 없다'는 것이었고, 이후 독일제 앰프라는 정보가 추가되었고, 나중에는 결혼 전 엄마가 직장 생활할 때 월급을 모아서 샀다는 사연까지 들었다. 그런데 엄마는 도통 스피커를 살 생각을 하지 않았다. 빡빡한 신혼살림 중 첫째인 나에 이어 동생 둘을 더 낳아 키우느라 정신이 없었던 젊은 엄마에게 한가하게 '음악이나 듣고 앉아 있을' 여유는 없었겠지. 와중에도 그 무용하면서도 자리만 차지하는 전축을 처분하지 않고 지녔던 걸 보면 당시 엄마는 낙관했던 모양이다. 언젠가는 우아하게 음악을 즐길 수 있는 날이 오겠거니 하고. 당장에 기능하지 않는 물건일지라도 존재 자체로 피로 속 보루가 되어준 것 아닐까.

장난감보다는 이미지를 좋아했던 나는 신문 광고에 박힌 로고와 티브이 광고 시엠송을 연결시켜 노래하고 놀거나, 전축 옆에 꽂혀 있던 엄마의 LP들을 만지작거리며 표지의 인물들로 상상놀이하기를 좋아했다. 짙은 아이라인의 마리아 칼라스, 산타

클로스 모자를 쓴 빙 크로스비, 백조 분장을 한 차이콥스키 발레리나 같은 인물들은 외국인인 데다 현실과 동떨어진 화려함 자체로 이야깃거리였으니까. 가끔씩은 그 무광의 은빛 앰프가 혹시 마법처럼 작동하지 않을까 싶어 표지에서 레코드를 꺼내 턴테이블에 올려보기도 했는데, 엄마에게 들키면 레코드 재킷 속 내용물에는 손을 대지 말라는 불호령이 날아왔다. 그러다 혼자서 밖에 나가 놀 수 있는 나이가 되면서 소리를 내지 못하는 전축에는 관심을 잃게 됐다.

전축에 다시 눈을 돌리게 된 건 중학생이 되었을 때였다. 한참 대중음악에 열광할 나이라 라디오를 자주 들었는데, 디제이들이 앨범 소개를 하면 나도 그 앨범이라는 걸 소유하고, 향유하고, 수집하고 싶어 몸이 달았다. 라디오가 붙어 있는 카세트테이프 플레이어가 있었지만 그것만으로는 성에 차지 않아 엄마를 조르기 시작했다. 들볶이다 지친 엄마는 누군가를 불러 그 오래된 전축이 여전히 잘 기능하는지, 스피커와 연결만 하면 되는지 확인해보려고 했으나 실패했다. 정확히 기억은 나지 않는 어떤 조건 때문에 그 전축은 쓰기 어렵다는 결론이었다. 아마도 좀 희귀한 모델이라 필요한 부품을 구할 수 없었거나 제대로 된 기술자를 만나지 못한 탓 아닐까 싶다. 결과를 듣고 나는 몹시 낙담했는데 엄마가 그걸 주의 깊게 보고 있었다는 걸 그때는 알지 못했다.

결국 내 염원이 이루어져 이윽고 새 전축을 갖게 되는 날, 나는 학교가 파하자마자 한달음에 집으로 달려왔다. 현관을 통과한 즉시 가방을 내팽개치고, 내가 학교에 가 있는 사이에 집으로 배달된 전축 앞에 주저앉았다. 인켈에서 나온 검은 외장의 전축으로, 턴테이블과 스피커를 제외하고 본체만 네 파트로 나뉜 제품이었다. 전원을 넣자 앰프 표면의 빨간 불들이 반짝거렸다. 찔레 열매 같은 그 불빛들을 손끝으로 더듬었을 때의 황홀한 기분이라니!

새 전축에는 딸려온 레코드 두 장이 있었는데, 하나는 〈아이네 클라이네 나흐트 무지크〉가 첫 곡으로 수록된 클래식 모음집이었고, 다른 하나는 〈닥터 지바고〉나 〈스텔라〉 같은 영화 음악 모음집이었다. 내가 직접 산 첫 번째 LP인 모차르트 클라리넷 협주곡을 필두로, 나는 좋아하는 뮤지션의 신보 소식을 접하는 즉시 동네 레코드 가게를 문턱이 닳도록 드나들며 레코드를 사 모으는 취미를 갖게 되었다. 그러다 고등학생이 되어서는 전축과 좀 멀어졌다. 방과 후면 바로 화실로 가서 밤 열시까지 실기를 해야 했기에 집에 차분히 앉아 레코드로 음악 들을 시간이 좀처럼 나지 않았다. 오며 가며 들을 수 있는 휴대용 카세트플레이어로 음악을 듣는 일이 많아졌고, 곧이어 디지털 음악 시대를

연 CD가 등장하자 모두들 LP나 카세트테이프는 퇴물이 될 거라며 음악 소비의 세대교체를 점쳤다. 카세트테이프는 CD와 함께 한동안 공생하긴 했다. CD에서 골라낸 곡을 테이프에 녹음 편집하는 과도기를 가로지르는 동안 전축과 LP는 찬밥이 되고 있었다.

전축을 대면할 일이 다시 생긴 건 대학생 때 뜻밖의 장소에서였다. 일학년을 마친 여름방학 때 거리를 지나가다 카페에서 아르바이트생을 구한다는 공고를 보고 흥미가 생겨 곧바로 들어가 매니저를 만났다. 깜짝 놀랄 정도로 잘생긴 카페 매니저는 장기적으로 일할 사람을 찾고 있었기 때문에 내가 방학 때만 일할 대학생이라는 사실에 실망하면서도 당장 일손이 급하니 일단 채용하겠다고 했다. 서빙 알바인 줄 알았는데 카운터에 앉아 손님이 나갈 때 돈을 받고 음악을 트는 일이었다. 내가 앉아 일할 카운터 안에는 턴테이블 두 개가 나란히 놓여 있었고, 그 아래로 레코드가 빼곡히 꽂혀 있었다. 매니저가 자부심 역력한 어조로 말하길, 이 카페의 생명은 '음악'이라며 레코드 하나를 꺼내 표지 뒷면을 가리켰다.

"여기, 이런 식으로 동그라미 쳐놓은 곡에다가 바늘을 올려놓으면 돼요."

각각의 레코드에는 수록곡 중 가장 귀에 감기는 곡 위주로 동그라미가 쳐 있었다. 이를테면 심플리 레드에는 〈If you don't know me by now〉, 엘튼 존에는 〈Nikita〉, 척 맨시오니에는 〈Feel so good〉 같은 식으로. 시간대에 따른 선곡 규칙은 간단했다. 한산할 때에는 조용한 곡으로 분위기를 내고, 사람이 많이 몰려드는 시간대에는 비트가 강한 음악을 크게 틀어 시끄럽게 하는 것. 손님의 귀를 괴롭혀 황금 시간대의 회전율을 높이는 기술이라나. 간단한 일 같아도 처음에는 애를 먹었다. 특히 손님들이 연달아 카페를 나가는 시간에는 돈을 받고 거스름돈을 내주는 사이사이 음악이 끊어지지 않도록 조율하는 일이 익숙지 않아 혼이 빠질 지경이었다. 하지만 모든 일이 그렇듯 요령이 생기기 마련이었다. 며칠이 지나자 나는 손님과 셈을 치루고 있는 도중에 곡이 끝나가면 볼륨키를 자연스럽게 내리면서 다른 턴테이블에 미리 올려두었던 레코드를 회전시키고 볼륨을 키워 매끄럽게 다음 곡을 재생하는 다중 작업에 통달하게 되었다.

가끔 나타나는 카페 사장은 그야말로 부모덕에 쉽게 사는 한량으로, 강남 몇 군데에 위치한 자기 소유의 카페마다 매니저를 두고 한 번씩 휘 돌아본 뒤 남아도는 시간에는 포커를 쳤다. 드물게는 매니저 휘하 카페 직원들이 총출동하여 일렬로 고개를 숙이는 진풍경이 벌어졌는데, 사장의 아버지인 '회장님'이 출동하시는 날이면 그랬다.

사십여 일간의 아르바이트 기간에 두 번인가 봤던 회장님은 그때마다 '새마을 모자'를 쓰고 카페에 출몰했다. 잘생긴 얼굴이 무색하게 행동거지는 촌스러웠던 매니저, 블랙앤화이트 차림을 해도 건달 태가 나던 웨이터들, 대학생이라는 이유 하나만으로 나를 찬탄의 눈길로 대우해줬던 주방장 아저씨와 주방 보조 청년, 삥을 뜯으러 카페를 드나들던 그 일대 깡패들, 사장님과 회장님을 위시한 우스꽝스러운 위계질서 같은 것들이 짧은 기간이나마 내게 '다른 세계'를 엿볼 때의 불편한 긴장감을 준 것은 맞다. 그럼에도 그 작은 공간에 앉아 음악을 틀어 실내 분위기를 만들어내고 레코드 재킷에 적힌 것들을 읽는 일은 감미로웠다. 오렌지색 조명이 내리쬐는 그곳에 앉아 있으면 내가 마치 하루키의 단편소설에 나오는 매력적이고 신비한 여자가 된 것 같았다. 번화가라면 필연적으로 달라붙어 있게 마련인 그늘의 악취 속에서 오아시스처럼 반짝거리던 뮤직박스의 아이러니라니.

마지막으로 전축을 통해 음악을 들은 건 파리 유학 시절 알게 된 한 친구의 아파트에서였다. 파티 주최자는 일본인 음악평론가 코야였다. 코야가 살던 곳은 온갖 분야의 예술가들이 모여 살던 파리 외곽의 낡은 창고형 아파트였다. 전축 한 대와 LP로 꽉 들어찬 그 공간에서 코야는 주말마다 파리의 젊은 괴짜 예술가들과 어울려 음악을 듣고, 담배를 피우고, 와인을 마시고, 주중에는 글을 쓰기 위한 음악을 들었다.

코야의 파티에 초대받아 그곳을 몇 번 드나들면서, 그가 파리에서 그렇게 살고 있는 건 여자 때문임을 알게 되었다. 도쿄의 회사원이었던 그 여자는 코야의 마음을 갈기갈기 찢어놓은 이별을 고한 바 있는데, 코야가 마음을 추스르고자 도쿄에서 파리로 거주지를 바꾼 뒤 유럽으로 출장을 올 때마다 코야에게로 와서 머무르다 간다고. 말하자면 코야는 그녀의 일탈성 연애 상대가 된 셈이었다. 도저히 그녀를 떠나보내지 못해 그 짧은 단발성 연애라도 좋다고 계절마다 행해지는 그녀의 출장을 기다리는 코야의 순애보가 어찌나 딱하던지.

그런데 이후 나는 그 한심하리만치 딱한 코야에게 위로를 받아야 할 처지에 놓였다. 누군가에게 위로받지 않으면 도저히 견딜 수 없을 것 같던 어느 날 코야를 찾아갔다. 아마도 나는 당시의 내 어리석음을 해석하거나 판단하지 않고 받아줄 이로 코야를 선택하지 않았나 싶다. 코야의 아파트에서 그가 틀어주는 음악을 들으며 토로하고, 울고, 술에 취하는 '질척 삼종 세트'를 차례로 시연해 보이다 내가 불쑥 물었다.

"그 여자 때문에 많이 힘들 때마다 어떻게 견뎠어?"

"별것 있겠어? 뻔하지. 술 취하고, 노래하고, 춤도 추고."

"그러면 좀 나아?"

"아니. 늘 괴로워. 지금도. 그래도 그냥 이러고 살려고."

나는 코야의 집에 사 들고 간 와인과 코야의 냉장고에 있던 맥주까지 꺼내 마시고는 온갖 주접을 다 부리다가 한쪽 구석에서 뻗어버렸다. 아침에 일어나니 코야가 오믈렛을 만들고 있었다. 오믈렛을 접시에 담아서 내게 건넨 코야가 전축에 레코드를 걸었다. 마일스 데이비스의 〈Bye Bye Blackbird〉. 이후로 이 곡에는 오믈렛을 먹으면서 마주했던 코야의 방 한쪽 칠 벗겨진 벽과 턴테이블이 회전하던 이미지가 묻게 되었고, 이 곡을 들을 때마다 나는 그날 아침으로 가게 된다. 아침 식사 후 코야는 시내에서 약속이 있다면서, 아파트를 나서는 나를 따라 나왔다. 코야와 나는 버스 좌석 앞뒤로 나란히 앉아 차창 밖으로 스쳐 지나가는 파리 시가지 풍경에 각자의 시선을 멍하니 꽂고 앉아 있다가 내가 내릴 버스 정류장에서 인사를 하고 헤어졌다.

그 후로는 정말이지, 단 한 번도 현실에서 전축으로 음악을 들은 적이 없었다. 만질 수 있는 실물에 음원을 담지 않고도 이동시킬 수 있는 시대가 되면서 LP는 물론이거니와 CD로도 음악 유통을 할 필요가 없었으니까. 그런데 사람들이란 누구나 동시에 비슷한 걸 그리워하게 마련인 것 같다. 말하자면 이런 유행이란 누군가가 선도한다기보다 다들 비슷한 시기에 닮은 생각을 하게 되어 생성되는 것 아닐까. 언젠가부터 너 나 할 것 없이 디지털 음악에 피곤함을 느끼고 턴테이블 위에 바늘을 올려놓던 '행위'를 추억하게 되자 그럴 줄 알았다는 듯 LP의 시대가 되돌아오고, 심지어 전축과 레코드가 이십 대 힙스터의 필수 소장 품목이 되는 지경에까지 이른 것이다. 그들을 겨냥해 적정 가격대의 포터블 전축을 만들어내고, 어울리는 레트로 인테리어 용품과 함께 소위 인스타그래머블한 이미지를 구축해 마케팅하는 상업 능력이라니.

핀터레스트에 올라온, 그야말로 깜찍하게 부활한 전축들을 구경하다 보니 하나쯤 갖고 싶은 생각이 들기도 하는데 이내 그만두기로 한다. 어쩌다 보니 거주지를 자주 바꾸는 삶을 살게 되면서 나도 모르게 유목민의 정서 같은 게 생겼는데, 무언가를 수집하고 소장한다는 건 유목민에게 어울리지 않는 일이 아니니까. 늘 주문을 외지 않았던가, 홀가분하게 살고 싶다고. 현재 나는 음원 공유 플랫폼을 통해 음악을 실컷 들을 수 있어 만족하고 있다. 소유하지 않아도 된다. 그럼에도 불구하고 LP의 부활은 반갑다. 죽은 줄 알았던 세포가 되살아나 생명체로 활보하는 걸 목도하는 기분이랄까. LP와 전축의 재생이 한때의 유행으로 끝나지 않았으면 싶게 반가운 건 그 때문이지 싶다. 생명은 유한해도 시간의 단위가 윤회를 보여주니 말이다.

루돌프 스웨터를 입은 이웃

집 밖에서 도로 포장 보수 공사가 한창이다. 창가에 서서 아스팔트가 중장비에 깎여나가는 걸 보고 있던 큰아이가 돌연 엇, 하고 짧은 호흡을 뱉었다. 맞은편 집들 중 하나에 꽂힌 깃발을 발견하고 그러는 거였다. 아이의 말에 따르면 그것은 'Thin Blue line flag'라고 불리는 깃발로, 블랙 라이브스 매터Black Lives Matter 이슈와 관련해 민감한 시기에 이 깃발을 내걸면 오해의 소지가 있어 정서상 다소 껄끄러움을 유발할 수 있다는 것이다.

깃발을 보면 성조기의 적백 스트라이프 부분 한가운데에 파란 줄이 평행으로 지나간다. 이웃집에 꽂힌 걸 오며 가며 보긴 했지만 파란 줄이 의미하는 바는 몰랐는데, 원래는 폭력에 목숨을 잃은 경찰을 기리는 뜻이 담겨 있다고 한다. 한국식 표현으로 '민중의 지팡이' 역할을 하다가 목숨을 잃은 경찰을 추모하는 게 어째서 그러나 싶지만, 문제는 언제부터인가 이것이 흑인 인권을 존중하지 않는 집단을 대변하는 깃발로 자리매김하게 되었다는 것이다.

미국에서 경찰에게 과잉 진압과 무고를 당하는 흑인들, 반대로 흑인 범죄자에게 폭행 또는 살해되는 경찰 간의 대립은 뫼비우스의 띠 같아서 좀처럼 실마리를 풀기가 어렵다. 경찰 측에서는 흑인 범죄자 검거가 두렵고, 흑인 쪽에서는 걸핏하면 누명을 쓰거나 검문 검거 시 받는 차별과 폭력성에 울분이 쌓이는 거다. 흑인들이 경찰의 과잉 진압에 항거하자 경찰 또는 그 측근들이 Thin Blue line flag를 앞세워 반격한 맥락의 시작은 이러한데, 문제는 트럼프를 떠받드는 극우 백인 우월주의자들이 이 논리를 내세워 깃발을 적극적으로 들고 나섰다는 것. BLM 운동이 한창인 2020년, 이 감자가 더욱 뜨거워져버린 배경이다. 보니까 관련 이슈가 꽤 심각해서, 지난 9월에는 오하이오의 대학 풋볼 경기 후 선수 두 명이 학교 측의 규정을 어기고 이 깃발을 휘날리며 필드를 누비는 세리머니를 했다가 정학을 받기도 했고, 몇 해전에는 경찰의 유족이 이 깃발을 걸었다가 괴롭힘과 신고를 당하는 일도 있었다. 일부 지역 경찰청에서는 논란을 피하기 위해 경찰서에 Thin Blue line flag 거는 걸 금지하기도 했단다.

　이웃의 아내 되는 쪽은 지역구 선거가 있을 때마다 출마하는 소단위 정치인이다. 스몰타운에 살다 보면 이렇게 이웃이, 때로는 애들 친구의 부모나 조부모가 지역구 선거에 나오는 걸 보게 되는데 지금껏 큰 관심은 두지 않았다. 하지만 현재 누구도 차마 공화당을 지지한다고 나서기 어려운 이 동네 분위기에서 곳곳에 꽂힌 바이든 푯말에 아랑곳 않고 저의를 의심받기 쉬운 깃발을 내건 이웃 부부의 속내에는 궁금증이 인다. 그들의 바로 옆집만 해도 트럼프를 미워하고 바이든 푯말을 꽂아놓은 사람이 살고 있는데.

　이웃집 깃발을 보는 내 마음에 대해서 말하자면 사실 난감하다. 깃발을 건 이웃은 동네 사람들과 거의 상대를 하지 않고 지낸다. 동네 사람의 파티 같은 데 얼굴을 내미는 일도 드물다. 다만 내게는 오래전 폭설이 내린 날의 기억이 한 조각 있는데 그것이 건너편을 내다보는 내 시선에 어른거린다.

　정말이지 엄청난 눈이 내린 날이었다. 눈 치우는 기계도 없고, 아이들은 어려서 일손이 되지 못할 때였다. 남편과 내가 눈삽을 들고 나섰지만 산더미 같은 차고 앞 진입로에 쌓인 눈을 다 치우기엔 역부족이었다. 진즉에 기계를 사두지 않은 걸 자책했으나 어쩌겠나. 허벅지까지 쌓인 눈밭에서 쩔쩔매다가 허리가 너무 아파서 나는 집에 들어와 잠시 쉬고 있는데, 얼마 안 가 드드드드 하는 모터 소리가 들려왔다. 창을 통해 내다보니 남편은 한쪽으로 비켜서 있고, 그 집 남자가 기계를 몰고 와 우리 집 앞 눈을 다 치워주고 있었다. 기계가 전진하며 옆으로 날리는 눈 세례를 맞아 남자의 파카와 모자, 장갑에도 하얗게 눈이 덮여 있었다.

다음 날 쿠키를 구워서 답례차 그 집 초인종을 눌렀다. 현관문 앞에서 쿠키를 받아 들며 환대하던 부부의 등 뒤에서 따뜻한 실내의 온기가 흘러나왔고, 그 너머로 엿보이는 벽난로 옆 크리스마스트리에서는 점멸 조명이 깜빡거리고 있었다. 부부의 루돌프 스웨터까지 더해진 그 장면이 마치 엽서 회사인 홀마크 카드 광고처럼 정겹게 보였던 덕에 그들에 대한 인상은 좋은 이미지로 남아 있다. 이웃의 마음 씀씀이를 담아둔 기억의 힘이 현재 눈앞에 보이는 깃발의 메시지보다 강한 걸까? 깃발에 대한 자료를 찾다가 보게 된 영상에서 어떤 남자가 한 말이 내 이웃의 입장이라고 믿고 싶어지는 걸 보면. 내가 본 영상 속 남자는 극우 단체가 깃발의 의미를 훼손했다고 해서 경찰로서 명예롭게 순직한 아버지를 추모하는 일을 멈추지는 않을 거라고 힘주어 말했다. 자기는 인종주의자가 아니라고 덧붙이며.

이 글을 쓰는 오늘 아침까지도 아스팔트 보수 공사는 이어지고 있다. 중장비의 요란한 소음에 오래전 그날의 폭설 속 모터 소리가 스며드는 걸 보니 내 마음은 이웃의 선의를 믿는 쪽으로 기울어진 것 같다. 아마도 그는 깃발의 본래 의미를 되살리고 싶은 걸 거라고.

낯선
타인의
위로

✦

PART 3

외출에서 돌아와 차에서 내리는데 우측 집 남자가 잔디를 깎고 있었다. 동시에 좌측 집 남자도. 두 남자가 기계를 밀고 다니느라 여념이 없는 틈을 타 혹여 눈을 마주칠까 얼른 집 안으로 들어왔다. 두 집 다 우리와 좋은 이웃 관계를 유지하고 있기는 하지만 잡초가 번져나가고 있는 우리 집 잔디를 보면 속이 편치는 않을 테니까. 아직까지는 잡초들이 경계선을 넘진 않았으나 무섭게 번지고 있는 기세로 보아 이웃집 마당으로 넘어가는 건 시간문제였다. 두 남자가 우리 집 쪽을 째려보고 있는 것 같아 뜨끔했다.

아니나 다를까. 조금 있다가 창을 통해 슬쩍 보니 잔디를 깎고 난 두 남자가 각자의 마당에 열렬한 기세로 뭔가를 뿌려대고 있었다. 제초제 아니면 잔디 강화제다. 열린 창으로 들어오는 바람에 실려 화학 비료 냄새가 훅하고 들어온다. 잔디 좀 길러본 사람은 알 거다. 깨끗하고 싱그러운 잔디를 유지하려면 철마다 얼마나 많은 잡초 제거제와 잔디 강화제를 뿌려대야 하는지. 뿌린 후 한동안은 반려동물이나 아이들을 밖에 내보내지 말아야 할 정도로 독한 화학 물질 덩어리다.

우리 집 잔디가 해를 바꿔가며 종류도 다양한 잡초들과 공생하게 된 이유가 환경 보호를 위해 화학 비료 사용을 제한했기 때문은 아니다. 게을러서다. 아니, 우린 나름 부지런했지만 그게 자연의 속도를 못 따라간 거라고 해야 정확하겠지. 미국에서 집을 사서 살게 된 이후 잔디 가꾸기 및 잡초와의 싸움은 영원한 숙제가 됐다. 시즌이 되면 평균 일주일에 한 번은 해야 하는 잔디 깎기도 버거운데 물은 어찌나 자주 줘야 하는지 호스에 스프링클러를 끼워 자리를 바꿔가며 이리저리 옮겨놓는 것도 보통 일이 아니었다.

잡초는 땅이 조금이라도 말랐거나 비료와 제초제 뿌리는 간격을 조금이라도 넓혔을 때 여지없이 이곳저곳에서 고개를 내밀어댄다. 해마다 우리 집 마당을 점령하는 잡초에는 유행도 있어서, 어떤 해에는 사방으로 씨를 날리는 민들레가 지천으로 피어나고, 어떤 해에는 잔디 밑동을 휘감으며 뻗어나가는 딸기과 잡초가 활약하고, 또 다른 해에는 얼핏 잔디인 체하는 크랩그래스가 판을 친다. 최신 트렌드는? 토끼풀이었다. 이파리가 네 개인 토끼풀을 찾으면 행운이 온다고? 잡초 따위, 너님이나 실컷 가지세요!

최근 우리 집 잔디를 뒤덮어버릴 기세로 토끼풀이 무성했던 데에는 이유가 있다. 몇 해 전, 우리 집 둘째를 포함한 동네 아이들 몇이 우리 집과 한 집 건너인 이웃집 마당 창고 한쪽 귀퉁이 앞에 웅크리고 앉아 무언가를 들여다보고 있었다. 집으로 돌아온 아이에게 연유를 물은즉, 그 집 마당 한구석에 토끼 둥지가 생겼는데 그 안에 '갓난아기' 토끼들이 꼬물거리고 있다는 거였다. 동네 아이들은 어미 토끼가 먹이를 구하러 나간 사이 둥지를 들춰 아기 토끼들을 구경하고 있던 거였다.

그 후로 동네 아이들은 냉장고에서 당근 따위를 꺼내와 둥지에 넣어주기도 하며 나름 토끼들을 '길렀다'. 그때까지만 해도 토끼를 귀여워하는 아이들의 동심이 귀여워 그러려니 했다. 문제는 다음 해부터였다. 동네에 토끼들의 출몰이 눈에 띄게 잦아졌다. 원래 청설모는 있어도 토끼는 없던 동네였다. 그리고 또 그다음 해에는 눈 닿는 곳 어딘가에는 꼭 토끼가 포착될 정도로 동네 곳곳에 토끼가 많이 살게 되었다. 어느덧 사방에 토끼 똥이 굴러다니는가 싶더니 언제나 그렇듯 유행하는 잡초의 직격탄을 피하지 못하는 우리 집 마당에 토끼풀 트렌드가 상륙하게 된 것이다.

후에 알게 된 사실인데 토끼들은 안락하게 출산하고 육아할 수 있는 거주지를 찾게 되면 반드시 다시 찾아온다고 한다. 서비스가 좋은 산후조리원이 입소문을 타는 것과 마찬가지로 토끼들 사이에서 우리 동네 아이들의 서비스가 알려진 모양이었다.

'우리 이 동네에서 출산하고 아이들을 기르자고! 아무것도 모르는 인간 얼라들이 가끔씩 당근도 줘. 하지만 세상에 공짜 점심이란 없다잖아! 갚아야지. 우린 그냥 우리의 변에 섞인 풀씨들을 마음껏 퍼뜨려주자고. 나중에 풀 자라면 우리도 실컷 먹고.'

그리하여 작년 봄부터 무서운 기세로 퍼져나가는 토끼풀과의 전쟁에 학을 뗀 참이었다. 겨울이 지나갔다. 그리고 올봄 어느 날, 잔디를 깎고 있었던 남편이 장을 보고 돌아온 내 앞에 우뚝 섰다. 난감한 표정으로 비닐봉지 하나를 들고.

"어떡하지?"

"왜? 뭔데?"

무심코 비닐봉지 속을 들여다본 나는 으악 하고 나자빠질 뻔했다. 봉지 안에는 뭔지 모를 새끼 네댓 마리가 꼬물거리고 있었고, 그중 하나는 피를 흘리고 있었다.

"뭐, 뭐야?"

기겁을 하는 내게 들려준 남편의 이야기인즉, 잔디를 깎다가 보니 집 벽과 마당 사이에 지푸라기와 털 같은 게 소복이 덮인 곳이 있더란다. 쥐구멍인가 싶어 기계를 밀고 지나가다가 발끝으로 지푸라기를 휙 걷었는데 토끼 둥지였다고. 뭉쳐서 웅크리고 있던 네 마리의 새끼 토끼 중 한 녀석이 남편의 발끝에 채여 굴러 나오면서 상처를 입은 거였다. 흑, 왜 우리에게 이런 일이!

남편과 나는 딜레마에 빠졌다. 이미 다친 아이는 그렇다 치고 (회생 가능성이 없어 보였다), 나머지 아기 토끼들을 위해 둥지를 보존해주자니 우리 집은 촉망받는 토끼 서식지가 될 것이고, 그것은 곧 토끼풀과의 이차, 삼차 대전을 의미했다.

그렇다고 무자비하게 토끼 둥지를 제거해버리면 먹이 찾으러 나갔던 어미 토끼가 돌아와 절규할 것 같았다. 나도 자식 키우는 어미 아닌가. 하지만 토끼풀로 뒤덮일 우리 집 마당을 생각하면 둥지를 마냥 내버려 둘 일은 아니었다. 감성과 이성의 싸움이었다.

이러지도 저러지도 못하고 마당을 서성대다가 집 뒤편 한 지점을 찾아냈다. 우리 집 마당 뒤쪽은 숲과 면해 있는데 숲과 우리가 가꾸는 잔디의 경계 부분에 제법 큰 나무가 하나 있다. 거기로 토끼들을 옮겨놓자는 게 내가 제안한 대안이었다. 남편은 별로 탐탁지 않아 했지만 몰인정하다는 소리를 들을까 봐 그랬는지 내가 하자는 대로 따랐다. 나무 밑동 오목한 부분의 땅을 나름 폭신하게 만든답시고 손 삽으로 파헤친 다음 원래 둥지에 있던 털과 지푸라기 뭉치를 가져와 깔았다. 새끼 토끼들을 내려놓고 그 위에 나머지 지푸라기 뭉치를 덮었다. 비록 위치는 바뀌었지만 원래의 둥지에서 이만한 거리면 어미 토끼가 냄새로라도 새끼들을 찾아낼 수 있을 것 같았다.

이 모든 과정을 '오버'의 화신인 둘째 아이에게 들키지 않고자 했으나, 냉정하게 대처하는 남편과 아직 만나지도 못한 어미 토끼에 감정이입이 된 내가 옥신각신하는 바람에 눈치채이고 말았다. 쪼르르 달려온 아이. 둥지를 걷어보더니 아기 토끼들이 배가 고플 것 같단다. 둥지 한 번 보고 엄마 한 번 보고를 반복하는 아이의 눈을 대면하고 있다가 집 안으로 들어와 우유를 꺼냈다. 엄마 젖에 비해 너무 차가우려나 싶어 전자레인지에 좀 돌려 미지근하게 데우기까지 했다. 우유가 든 그릇과 숟가락을 들고 밖으로 나가니 남편이 혀를 찼다. 우유 좀 먹여보게 한 마리 집어 들어 잡고 있으라 하니 안 그래도 못마땅해하는 남편이 빈정거리기 시작했다.

"꼭 이렇게까지 해야 돼? 왜, 쥐도 키우지?"

토끼풀에 학을 뗀 남편의 지론으론 야생 토끼도 우리한테 해만 입힌다는 점에서 쥐나 마찬가지라는 거다. 남편과 나의 의견 차이를 차치하고서라도 결과적으로 우유를 먹이는 건 바보짓이 었다. 숟가락으로 입속에 우유를 흘려 넣어주자 아기 토끼들은 꺄악 꺄악 비명을 질러댔다. 얼마나 용을 쓰며 자지러지던지 들고 있던 숟가락을 떨어뜨릴 뻔했다. 소젖이 토끼들한테는 독약과 마찬가지인 건가? 아이도 놀랐는지 얼른 집 안으로 들어가 검색을 했다. 어미 잃은 야생 아기 토끼 살리는 법. 잠시 후 아이가 검색 내용을 전하며 호들갑을 떨었다.

"엄마! 우유 먹이는 게 아니라 전해질 음료를 먹여야 하는 거래!"

남편과 눈을 마주쳤다. 잠깐이었지만 전해질 음료를 사러 갈 의지를 내 눈에서 엿본 남편은 인내심을 잃고 말았다. 토끼들을 펫으로 키울 것도 아니면서 쓸데없는 짓은 시작도 말라는 거였다. 게다가 곧 어미 토끼가 돌아와 젖을 줄 수도 있는데 웬 오버냐고. 맞긴 하다. 나는 사실 동물을 키워본 적도 없거니와 별로 키우고 싶어 하지도 않는 사람 아닌가. 비협조적인 남편의 태도를 핑계 삼았지만 나 역시 지속적으로 토끼들을 보살필 자신은 없었다. 못 이기는 척 토끼들을 강제로 이전한 새 둥지에 내려놓고 지푸라기를 덮는데 두어 마리는 폴짝거리며 벌써 둥지 밖으로 튀어나가려 했다. 엄마 올 때까지 기어나가지 말라는 마음으로 도로 붙잡아 둥지에 집어넣어놓고 돌아섰다. 부디 엄마 토끼가 동네 고양이에게 사냥당한 건 아니길 바라는 마음에 종일 그쪽으로 신경이 갔다. 왠지 모를 죄책감에서 벗어날 수가 없어 집 안일을 하는 틈틈이 쳐다봤는데 어미 토끼가 돌아온 기색은 보이지 않았다.

그런데 다음 날, 무심코 창밖을 내다봤다가 기겁했다. 문제의 나무 밑에 시꺼멓게 버티고 있는 고양이! 멜리사네 고양이인지 데니스네 고양이인지, 이따금씩 어슬렁거리며 동네를 돌아다니곤 하는 이웃집 냥이인 것 같은데 녀석이 앞발로 토끼 둥지를 뒤지고 있는 게 아닌가! 괜히 둥지를 옮겨 아기 토끼들을 녀석에게 노출되도록 만든 것 같아 가슴이 쿵 내려앉으며 죄책감이 가중됐다. 이쯤 되면 당장에 뛰어나가 고양이를 쫓아내야 마땅하겠지만 그러지도 못했다. 나는 개든 고양이든 다 무서워한다. 이미 늦었다는 생각에 포기해버린 이유도 있다. 그리고 무엇보다 둥지를 뒤적거리는 고양이의 태도가 좀 이상했다. 저돌적으로 파헤치는 게 아니라 천천히 뒤적뒤적거린다고 해야 할까. 이상하다. 있어야 할 것들이 없네, 하는 것 같은. 어떻게 된 건가 궁금해서 창에 붙어선 채로 고양이 하는 양을 숨죽이고 지켜보는데 고양이의 동작이 갑자기 딱 멈췄다. 슬렁슬렁 둥지를 뒤적이던 앞발을 거두고 몸을 쫙 세우며 어딘가를 쳐다보는 품새가 뭔가를 발견한 듯했다. 고양이의 고개가 돌아간 쪽으로 내 시선도 따라갔다.

혁! 내 집 뒷마당을 여유작작한 자세로 가로지르고 있는 한 마리의 여우! 언젠가부터 동네에 가끔씩 여우가 출몰한다더니 꼬리 끝에 검은 털이 달린 걸 보니 바로 그 여우인 것 같았다. 여봐란 듯 고양이 앞을 지나가고 있는 여우의 입에 물린 것이 있었으니, 바로 토끼였다. 보나 마나 나무 밑 둥지에서 찾아냈을 바로 그……

고양이는 허탈했을 것이고 나는 허망했다. 그래도 살려보려 했건만. 하지만 곧 자연의 이치란 그런 것 아니냐며 합리화하곤 토끼들에 대한 죄책감을 떨쳐버렸다. 어쩔 수 없었잖아.

한데, 아기 토끼들의 목숨까지 잃게 만들어가면서 사수하고자 했던 잔디가 우리의 비정함이 무색하게 또 엉망진창이 됐다. 새끼들을 잃은 어미의 저주일까. 마당 곳곳에서 토끼 똥이 굴러다니는가 싶더니 다시 또 토끼풀 천지가 된 것이다. 이판사판 이렇게 된 거, 남편은 토끼풀 제거에 특화된 제초제를 사 와 마당 곳곳에 대고 분노의 펌프질을 해댔다. 며칠 걸러 한 번씩 몇 주를 그러고 났더니 토끼풀들은 차차 말라죽어갔다. 아기 토끼들을 희생시키긴 했지만 성과를 봤으니 괜찮다 자위하며 우리 부부는 토끼풀 박멸을 뿌듯해하기로 했다. 한시름 놓았다.

그러나 두어 달이 지난 지금 글 앞머리에 썼듯이 우리 집은 다시 잡초 천지다. 이번 것은 잔디랑 형제인 척하는 크랩그래스. 맹렬한 기세로 뻗어나가 양 옆집 남자들을 긴장시키고 있는 바로 그 잡초. 이건 너무하잖아! 한 해에 두 가지 트렌드가 번갈아 오다니! 잡초 덕에 얼룩덜룩 색감도 다양한 우리 집 잔디. 남편과 나란히 서서 마당을 보고 있다가 한마디 했다. 저것도 나름 '그래스'인데 그냥 놔두면 어떻겠냐고. 차마 동의하지는 못하겠는지 남편은 입을 열지 않았다. 하지만 남편의 얼굴에 구원받은 것 같은 표정이 떠올랐다고 느낀 건 나만의 착각일까?

유쾌한 실직자

～～～～～～～～～～～～～～～～～～～

올해 들어 뒤뜰에서 모닥불 피우는 걸 자주 했더니 좋아 보였나 보다. 우리 집과 나란히 서 있는 이 길목의 집들이 차례로 화덕을 사들이며 앞서거니 뒤서거니 불을 피우고 놀기 시작했다. 바로 옆집이 먼저 따라했는데, 신혼인 이 해군 부부는 우리 집 데크에 장식된 줄조명까지 같은 걸로 사서는 내가 해놓은 것과 같은 방식으로 걸어놓았다. 나는 남 따라 하는 걸 민망해하는 성격이라 희한하면서도 좀 우쭐했는데, 그러고 나자 해군 부부네 옆집에 새로 이사 온 프랑스 사람들도 화덕을 사들이더니 주말이면 불을 피우고 논다.

지난주에는 다른 방향 옆집에 사는 이웃이 고향 방문차 갔던 캐나다에서 돌아왔다. 두 달 넘게 우리 큰애가 맡았던 잔디 깎기 알바비를 건네받으며 이야기를 나눴는데, 들어보니 그간 많은 일이 있었다. 이 사람들은 우리와 이웃해 있는 이 집 말고도 캐나다에 집이 두 채가 더 있는데, 하나는 몬트리올에 있고, 또 하나는 오대호 근처 호숫가에 있는 비치하우스라고 한다. 어쩐지 비싼 차를 타더라니. 그런데 이번 여름 그 비치하우스에 물이 들이쳐 집이 떠내려갈 뻔했고, 이후 집 지반에 지지대를 설비해 고정하는 공사를 하느라 돈을 엄청나게 쓰고 고생이 이만저만이 아니었다는 거다. 설상가상으로 이곳의 직장에서는 구조조정이 있었는데, 그 과정에서 남자는 실직을 하게 되었다고 한다. 원래 재택근무 비율이 높은 IT 직종에 있어서 장기간 떠나 있을 수 있긴 했지만 이런저런 연유가 겹쳐 예정보다 더 늦게 돌아온 거였다.

특기할 만한 점은 곧 수입이 끊길 참인데도 캐나다 부부는 별로 침울해 보이지 않는다는 거였다. 경제적 여유라는 쿠션이 있어서일 수도 있겠으나 실직 위로금 액수가 적지 않은 게 배경인 것 같았다. 근무 햇수에 비례해 계산되어 일시불로 지급될 실직 위로금은 남자의 2년 치 연봉에 해당하는 액수인데, 이 돈의 향방에 관해서도 캐나다 이웃에게는 '계획이 다 있었다'. 포르투갈로 이주하고 그 돈을 가져가 세금 보고를 거기서 하면 합법적으로 절세할 수 있다는데, 그게 가능한 이유는 남자 쪽이 캐나다와 포르투갈 이중국적자이기 때문이란다. 남자의 부모가 포르투갈계 캐나다 이민 1세대인 덕에 갖게 된 이중국적이었다. 요즘 미국의 한인 중에도 은퇴 연금을 가지고 한국으로 들어가 사는 역이민 형태의 움직임이 꽤 되나 본데, 고국이 그리웠던 당사자에게도, 해외의 돈을 유입하게 되는 해당 국가에도 나쁠 것 없는 일 아닌가 싶다. 연금이 새어나가는 나라 입장에서야 좋을 것 없겠지만.

금세 또 떠나게 되었지만 캐나다 부부는 이 지역으로 이사 온 지도 얼마 되지 않았던 터였다. 이웃과 친해지는 데 시간이 좀 걸리는 내 성격 탓인지 그동안 서로에 대해 자세한 이야기를 할 기회가 없었는데, 실직과 관련된 소재로 대화가 이어지니 살아온 배경을 풀어놓게 되었다. 이웃 부부는 둘 다 캐나다 내 불어권 지역 출신이라 불어를 제1언어로 사용했다. 두 사람 다 불어로 정규 교육을 받고 자랐고, 아이들과도 집에서 불어를 하며 살았다고 한다. 오랜만에 불어 연습을 할 수 있는 기회였지만 쉽사리 입이 떨어지지 않았다. 누군가와 관계가 시작될 때 사용한 언어는 고정 주파수가 되고 만다. 한국말로 대화하던 사람과 영어로 대화하면 어색하듯 영어로 대화하던 사람과 불어로 대화하는 것도 마찬가지다.

여자 쪽의 경우, 살면서 거주한 지역들 일부가 나와 겹쳤다. 그녀도 나도 프랑스에서 산 적이 있었고, 그중 한 곳은 중부 르와르강 유역으로 서로의 거주 지역이 바로 이웃 마을이었다. 게다가 둘 다 미국 중부에 살았던 경험이 있는데 그게 또 같은 도시이고, 그 도시의 같은 병원에서 각자의 막내를 출산한 공통점도 있었다. 대륙을 넘나드는 동선이 겹치는 것도 흥미로운데 현재는 대서양을 마주한 동부의 작은 바닷가 소도시 바로 옆집에 살고 있으니, 우연치고는 각별하지 않은가.

공통점은 차치하고라도 대화를 길게 해보니 사람들이 허세도 없고 성격도 시원시원해서 친하게 지내도 좋겠다는 생각이 들었는데, 그동안 영주권은 없이 취업 비자로 체류하고 있던 경우라 직업이 없어지면 미국을 떠야 한다고 했다. 따라서 곧 집을 팔고 이사를 갈 수밖에 없다고. 마음 맞는 이웃 만나는 것도 쉽지 않은데 하필이면 싶어서 아쉬운 마음이 들다가 문득 생각했다. 저들이 유발해내는 호감도 사실 여유에서 기인하는 거겠구나 싶은 자각이랄까. 허세가 필요 없는 것도, 실직을 하고도 차후 계획을 긍정적으로 세운 후 담담하게 말할 수 있는 것도, 그들이 다급하거나 궁지에 몰리지 않았기에 보일 수 있는 여유 아닐까. 내가 느낀 호감이라는 것도 그들의 경제적 풍요에서 오는 낙관적 태도가 자연스럽게 끌어낸 것일 테지 싶었다. 흔히 말하길, 사람들이 가진 자들에게 붙는다고 하지 않나.

물론 바라는 게 있어서 이익에 따라 관계를 맺는 이들도 있지만, 관찰해보면 손익이 얽히지 않은 관계망에서도 양상은 마찬가지다. 여유 있는 사람들은 대개 낙관적이고 밝아서 인간관계에서 선점을 먹고 들어가는 일이 잦다. 유쾌한 이들을 누가 마다하겠나. 일이 잘 안 풀리고 주머니가 빈 사람들은 울분이 많게 마련이고, 그건 아무리 감추려고 해도 뾰족하게 튀어나와 의도치 않게 주변에 생채기를 내고 만다. 서글프지만 인간은 나약하기에 그 과정에서 화가 날 수밖에 없어서 상처를 준 상대와의 간격을 넓혀버리고 만다. 상대의 딱한 사정보다 내 아픔이 더 크게 느껴지니까.

캐나다 부부는 아이의 알바비를 봉투에 넣어 전달하면서 짤막한 메모도 잊지 않았다. 집을 비운 동안 잔디를 담당해줘서 고마웠다고. 큰 액수는 아니지만 한여름 땡볕에 땀 흘려가며 돈을 벌어본 경험이 아이에게 좋은 자산이 될 거라 믿는다.

아 참, 캐나다 부부도 뒤뜰에 화덕을 들이고 모닥불 놀이를 시작했다. 마당에 나갔다가 마주치자 불가에서 와인을 마시고 있던 여자가 활짝 웃으며 내게 말했다.

"우리, 자기네 따라 하는 거야! 이 집에서 나갈 때까지 맨날 불이나 피우고 놀아보려고."

참 나. 따라 한다는 말을 뭐 이렇게 쿨하고 당당하게 하며, 장성한 아들 셋을 둔 엄마가 디스코로 땋은 머리카락이 왜 그리 잘 어울리는 것이며, 탄탄한 체격에 걸쳐 입은 검은 원피스는 어찌 저리도 시크한지!

흐음. 나는 모닥불 놀이 유행시킨 트렌드세터부심이나 끌어올려봐야겠다. 불놀이로라도 일등 먹고 정신승리하지 뭐. 게다가 나는 하나밖에 없는 내 집 뒤뜰에 소담스럽게 피어 있는 나의 장미꽃을 내년에도 볼 수 있지 않는가 말이다.

~~~~~~

친하게 지내던 흑인 가족이 있었다. 부부 중 여자는 미국에서 태어나 자랐고, 남자는 나이지리아에서 미국으로 유학을 와서 미국 기업에 취업한 케이스였다. 이 커플이 서로를 만나 연애하게 된 곳은 박사 과정을 밟던 대학원이었는데, 알고 보니 미국에서 태어나 자란 여자 쪽도 부모님이 나이지리아 출신이라 공감대가 많아서 자연스럽게 대화가 통했다고 했다. 미국에 사는 나이지리아 출신 흑인들은 대개 본국의 상류층 출신이기 때문에 학력도 쟁쟁하고 경제적으로도 넉넉하게 사는 경우가 많다.

타이거 맘 교육법으로 유명세를 탄 예일대 법대 교수 에이미 추아는 자신의 책에서 미국에는 교육열 높고 악착같아서 고소득 직종에 많이 분포되어 있는 민족 낯이 있다며, 유대계, 중국계, 인도계, 레바논계, 나이지리아계가 그 그룹에 들어간다고 예를 들어놓았다. 한국계를 포함시키지 않은 것이 의외지만 상대적으로 수가 적어 통계에 넣지 않은 게 아닐까 짐작해본다. 한국계 중에 성실한 모범생으로 성장해 명문대학을 졸업한 사람이 많지만 아직 미국의 주류 사회에서 한국계 인맥이 튼튼하다고 볼 순 없는 것도 사실이다.

아무튼 이 나이지리아계 부부도 고학력 주류 사회 계층에 들어와 있는 케이스라 옷차림이며, 몰고 다니는 차며, 소위 '부티'가 반지르르 흐르는 사람들이었다. 누가 봐도 미국의 저소득층 흑인이라고는 보지 않을 터였다. 늘 유쾌하고 자신감 넘치는 데다 겉모습과 태도만 봐도 흑인 비율이 높은 지역사회에 거점을 두고 사는 사람으로 여겨지지 않을 터였다.

어느 해였나. 핼러윈 다음 날이었을 거다. 누구나 그러듯 인사말 겸 해서 핼러윈은 즐겁게 보냈느냐고 물었다. 어린아이들을 키우고 있는 집들끼리는 으레 그와 관련된 농담을 나누고 그러는 날이니까. 그들 부부에게는 당시 다섯 살쯤 된 딸과 막 두 돌쯤 된 아들이 있었다. 핼러윈은 미국 어린이들이 가장 즐거워하는 빅데이 아닌가. 그 집 남자가 덤덤하게 대답했다.

"사탕은 무슨⋯⋯. 핼러윈이고 나발이고, 우리처럼 피부 검은 사람들은 해 지고 나면 꼼짝 말고 집에 있어야 해. 깜깜할 때 나돌아 다니다간 총 맞아 죽기 십상이거든."

그 얘길 듣고 흠칫 놀라 아무 말도 하지 못했다. 물론 모든 흑인이 핼러윈에 아이들을 데리고 나가지 못할 정도로 겁을 집어먹고 사는 건 아니다. 다만 단순히 기분 나쁜 대우를 넘어선, 즉 생명의 위협을 느낄 정도의 인종차별을 염두에 두고 산다는 건 어떤 심리 상태일지에 대해 다시 한 번 깊이 생각해보는 계기가 되었다.

낯을 가려서 말을 걸면 엄마 등 뒤로 숨던 그 집 딸아이, 태어난 지 두 달쯤 되었을 때 말랑한 몸으로 내 품에 안겨 놀던 그 집 아들은 모든 아이가 다 튀어 나가는 핼러윈 데이 저녁에 사탕 수집을 나갈 수 없다는 부모의 제재를 어떻게 받아들였을까. 차마 물어볼 수가 없었다.

이 글을 쓰는 지금, 미국은 BLM(Black Lives Matter) 운동과 대통령 선거를 둘러싼 잡음, 경찰과 시위대와의 대치, 서로가 서로를 두려워해 총을 쏘고 목숨을 뺏는 사건 기사가 하루가 멀다 하고 미디어를 통해 흘러나온다. 팬데믹으로 인해 조용한 핼러윈 데이가 어제부로 지나갔고, 선거는 이틀 앞으로 와 있다. 유럽에서는 기독교인과 무슬림의 갈등이, 미국에서는 흑백 갈등이 마치 폭죽을 터뜨리기라도 한 듯 정점에 치달아 있다. 이번 선거는 세상이 나아지는 결과가 될까 아니면 그 반대가 될까. 희망과 공포가 교차하는 내 마음을 다독이기라도 하듯 어스름이 깔린 저녁 마당엔 촉촉이 비가 내리고 있다.

빨간 리본이 달린 봉투

～～～～～～～～～～～～～～～～

현관문을 열자 얼얼한 공기가 와락 달려든다. 추운 걸 몹시 싫어하지만 올해 겨울에는 걸핏하면 문을 열고 바깥에다 머리를 내밀게 된다. 그거라도 하고 나면 숨통이 좀 트이기 때문이다. 외출이 제한되는 팬데믹 기간, 여름에는 야외의 인적 드문 녹지를 찾아다니며 산책으로 마음을 달랬으나 그조차 마땅치 않은 겨울이 되니 시시때때로 문을 열고 바깥 공기를 들이마시는 방법밖에 없다. 수면 위에다 주둥이를 내밀고 호흡하는 물고기처럼.

실내복 차림으로 바깥 공기를 맞으니 오소소 소름이 돋아 문을 닫으려는데 현관 바깥 바닥에 뭔가가 놓여 있었다. 빨간 리

본이 달린 갈색 종이봉투였다. 연말이면 지인이나 이웃 중 누군가가 쿠키를 나누는 경우가 더러 있다. 올해는 코로나 탓에 대면 접촉을 피하려고 집 앞에 놔두고 갔나 싶어 봉투를 집어 들었다. 집 안으로 들어와 봉투를 열어보니 받침 달린 초 두 자루와 인쇄물이 들어 있었다. 동네 사람들에게 전하는 메시지로, 뒷집에 사는 이웃이 보낸 것이었다.

그들이 뒷집으로 이사를 온 건 지난봄이었다. 어린아이 둘을 둔 젊은 부부였다. 가까이 사는 이웃이니 말을 트고 지낼 수도 있었겠으나 그 집이나 우리나 서로 소 닭 보듯 지냈다. 그 집과 우리 집 사이에 있는 작은 숲이 일종의 담 역할을 하고 있어서 피차 사적 영역을 침범하지 않는 태도를 견지한 것이다. 그 집 사람들이 마당을 오가는 모습이 나무 사이로 언뜻언뜻 보이긴 해도 숲에 통로가 뚫려 있는 것도 아니니 그렇게 지내는 게 자연스럽기도 했다.

우리 집 뒤뜰에서 보이는 작은 숲은 타원형으로 생긴 면적인데, 그 숲을 스무 가구쯤 되는 집들이 등을 댄 채 둘러싸고 있다. 동네 부지를 개발할 때 원래 있던 녹지 일부를 보존하고 그 주위를 빙 둘러 집을 지은 건데, 이 녹지, 그러니까 숲(나는 숲이라고 부르길 선호한다)이 얼마나 황홀한 전망을 선사하는지 모른다. 숲 덕분에 우리 집 창은 전원 카페 저리 가랄 정도로 운치 있는 한 폭의 그림이 된다. 여린 이파리가 돋아나는 봄, 매미 우는 녹음의 여름, 단풍 물드는 가을, 흰 눈이 소복하게 오는 겨울 등, 숲이 번갈아가며 선사하는 사계절 풍경화는 매일 봐도 질리지 않는다. 오래 사귀어도 싫증 나지 않는 매력적인 연인처럼.

숲이 공유지는 아니다. 숲 부지는 각 집 마당과 연결되어 보이지 않는 선으로 나뉘어 있다. 다만 그 경계선이 육안으로는 보이지 않으니 겉으로 보기엔 그저 한 덩어리의 녹지다. 사유지라고 해도 자기 집터에 해당하는 숲을 건드리는 사람은 없었다. 다들 같은 마음으로 숲을 공유하며, 서로의 전망을 훼손하지 않는 암묵적인 예를 지키고 있는 것이다.

그런데 뒷집 새 이웃이 그걸 깨버렸다. 우리 집과 그 집은 타원형 부지의 커브를 기준으로 각각 다른 방향을 보고 있는데, 뒷마당이 서로 닿아 있다. 그 집 소유의 숲이 우리 숲 뒤로 뻗어 있는 상황이다. 새 이웃은 뒷마당을 좀 더 넓게 쓰고 싶었는지 자기 부지의 숲을 정리해 거목 몇 개만 남겨놓고 흙바닥으로 만들었다. 누구도 건드리지 않았기에 한 덩어리로 존재했던 숲의 한 조각이 사람의 손을 탄 곳으로 변한 것이다. 그로 인해 우리는 우리 부지에 해당하는 좁은 면적의 숲 너머로 남의 집 마당에서 벌어지는 일들을 눈에 담게 되었다. 별수 없었다. 어쨌거나 거기는 엄연히 그 사람들 땅이니까.

그런데 그걸로 끝이 아니었다. 아침에 일어나 창 커튼을 젖히면 볼 수 있었던 일출의 색채에 앞서서 시야를 강타하는 것이 들어서버렸다. 바로 그 집 마당 여기저기 널린 총천연색 플라스틱 놀이기구들. 흙바닥 위에 하나둘 늘어나기 시작한 장난감들까지야 그렇다 쳐도 시선 높이에 매달린 줄은 정말로 보기가 괴로웠다. 어느 날 그 집 남자가 나무 두 그루의 기둥에다가 그 사이를 잇는 줄 두 개를 붙들어 맸는데 그게 하필 주목성도 강한 야광의 연두와 노랑이었고, 테이프처럼 면적도 있는 것이어서 눈에 띄게 잘 보였다. 이후 그 줄에 여러 가지 놀이기구가 주렁주렁 걸렸다. 아기들이 타는 양탄자 모양 그네, 매달려 노는 고리 모양의 도구, 기어오르는 밧줄 그물 등등.

그것들을 나의 주생활 공간 창을 통해 바라봐야 하는 것은 고역이었다. 침실, 거실, 주방, 식탁 앞의 창이 다 그쪽을 향해 있어서 창으로 눈만 돌리면 보였다. 애들 키워본 입장에서 이해해보려고 노력하기도 했으나 소용없었다. 동네 분위기 파악도 못 하고 눈치 없이 이웃의 전망을 훼손하는 새 이웃의 무신경에 짜증이 나서 날이 갈수록 화가 났다. 내가 너무 꽉꽉하게 굴고 있는 건가 싶어 자책이 되기도 했다. 그러다 보니 또 그 자책의 무게가 부당하게 느껴져 화가 가중됐다. 그들이 저지르고 있는 민폐에 악의는 없다는 걸 알아서 더 괴로웠고, 따라서 그들을 마음껏 미

위해도 되는 명분이 필요했다. 과거의 기억이 소환됐다.

'그래 맞아! 이 집을 살 때 부동산 중개인이 전망을 피력해서 계약하기로 결심했던 거잖아.'

숲의 전망을 보기에 이웃집들보다 더 좋은 각도를 갖고 있다는 말로 내 마음을 끌어당겼던 부동산 중개인. 그가 세일즈맨 특유의 광나는 미소를 지으며 창가에 서서 숲을 가리켰던 장면이 하루에도 몇 번씩 재생되었다. 그가 서 있던 그 창 앞에 가면 지금은 흉물스럽게 번뜩이는 야광 줄을 보게 된다.

두어 달 전, 옆집에 사는 캐나다 여자가 우리 집 마당으로 건너와 대화를 나누던 중이었다. 그녀는 무심코 그쪽으로 시선을 주었다가 이내 입을 크게 벌렸다. 그러고는 눈을 휘둥그레 뜨고 말했다.

"우와! 저 색 좀 봐. 대단한데?"

캐나다 여자가 시선을 되돌리더니 내 표정을 읽으려 했다. 가능한 한 이웃을 흉보지 않으려는 평소의 내 기준도 무너지고 말았다. 나는 미국 토박이들처럼 눈을 굴리며 고개를 절레절레 저었다.

"우리 집 창 어디에서든 저것만 보여. 내 심정 알겠지?"

캐나다 여자는 내 말이 떨어지자마자 나와 똑같은 식으로 고개를 저었다.

"너무 싫겠다!"

"싫다뿐이야? 이사 가고 싶을 지경이야. 내가 이 집을 선택했던 이유가 사라져버렸어."

캐나다 여자와 나는 밤에 몰래 가서 가위로 줄을 끊어버리자는 둥 미국과 멕시코 사이에 세운 담벼락을 좀 얻어와야겠다는 둥 실현 불가능한 농담을 나누며 새 이웃의 민폐를 향해 성토의 장을 펼쳤다. 그러나 그뿐이었다. 나도 캐나다 여자도 알고 있었다. 속으로 끙끙 앓더라도 이런 일로 이웃과 마찰을 빚는 건 바람직하지도 않으며 주변 사례나 경험으로 미루어봤을 때 해결되지도 않는다는 것을.

그 후 몇 달이 지난 지금까지도 창밖 풍경은 변한 것이 없고, 날씨가 추워져서 그 집 아이들은 이제 마당에 잘 나오지도 않건만 줄과 놀이기구는 여전히 그 자리에서 달랑거리고 있다. 지금은 겨울이라 우리 집과 그 집 사이의 협소한 숲속 나무들이 이파리를 벗었다. 헐벗은 나무들 사이로 '그것'의 존재감은 한결 더 두드러진다. 얼마 전 소담스럽게 내려 쌓였던 설경에서도 '그것'은 선연한 야광의 색채를 빛내며 자연 속 공산품으로서의 존재감을 무시무시하게 과시했다.

그 사람들이 동네를 돌아다니며 모든 집 앞에 내려놓은 봉투 속 메시지는 크리스마스이브에 자기 집 앞마당에 모여서 크리스마스 캐럴을 함께 부르자는 내용이었다. 코로나 바이러스로 인해 황폐해졌을 마음을 이웃과 함께하며 달래보자는 의도인 것이다. 인쇄물의 두 번째 장에 그날 부를 캐럴의 가사가 적혀 있었고, 동봉한 초 두 자루는 노래를 부를 때 불을 밝혀 들 용도다. 내가 그 집 마당을 보며 매일매일 무슨 생각을 하고 있는지는 꿈에도 모른 채, 그저 이웃과 훈기를 나누겠다는 의도로 짜낸 젊은 부부의 깜찍한 아이디어였다. 그날 참석은 안 하는 이웃이라도 자신들이 벌이는 일을 밉보지는 않을 거라 믿으며 즐거운 마음으로 봉투에 내용물을 넣고 집집마다 돌렸을 것이다. 내가 그 젊은 부부의 무신경함에 짜증이 난 것과는 상관없이 귀여운 발상이긴 했다.

내가 그날 그 집 앞에 가서 초를 밝혀 들고 캐럴을 부를 리는 없다. 그만한 이벤트에 환호하기에는 내 아이들이 너무 커버렸기도 하고, 이웃과 모여 성스러운 캐럴을 부를 만큼 우리 가족이 종교적인 사람들도 아니다. 무엇보다 난 내 집의 전망을 망쳐놓은 그들을 가까스로 참아내고 있는 중이었다. 나는 봉투 안의 내용물을 도로 집어넣고는 그대로 쓰레기통에 처박아버릴까 잠시 고민하다가 거실 한쪽 구석에 슬그머니 기대놓았다. 그들의 호의를 존중해서 그런 건 아니었다. 창밖을 보며 화가 날 때마다 내 마음을 다스릴 매개체로 사용할 작정이었다. 어린아이 둘을 데리고 수십 개의 봉투를 만들었을 젊은 부부를 떠올리면 잠시나마 미움을 사그라뜨릴 수 있지 않을까 하고.

저녁 식사 후 쉬고 있을 때였다. 돌연 바깥에서 소란스러운 소리가 나며 동네가 시끌벅적했다. 요란한 사이렌과 함께 광광대는 소음도 들려왔다. 얼핏 확성기 같은 것으로 울려대는 주의 사항 같기도 해서 식구들 모두가 깜짝 놀라 창가로 달려갔다. 교외의 조용한 주거지에서 좀처럼 벌어지지 않는 일이라 엄청난 사고라도 난 걸까 하고 동네 사람들이 창을 열고 내다보거나 집 밖으로 튀어나왔다.

동네가 떠나가라 소란을 피우고 있는 것의 정체는 바로 소방차와 경찰차들이었다. 어림잡더라도 최소 열 대 이상은 되는 소방차의 행렬이 동네를 구석구석 돌고 있었는데, 모두가 성탄 장식을 달고 총천연색으로 반짝거렸다. 빵빵거리는 경적 사이사이로는 캐럴이 울려 퍼져 일대가 들썩였다. 소방차 행렬의 머리와 꼬리를 경찰차들이 호위하고 있었으니, 이집 저집에서 아이들의 환호가 터져 나올 수밖에. 창을 열어 내다보는 이웃도 있었고, 집 앞으로 나와 구경하며 박수를 보내는 이웃도 있었다.

하루가 멀다 하고 치솟는 미국 내 코로나 사망자 숫자에 모두가 겁을 먹고, 아이들은 학교도 가지 못하고 친구도 만나지 못한 채 집에 갇혀 있는 시기, 지역민을 위로하기 위해 깜짝쇼를 기획

하고 동네를 돌고 있는 소방관들과 경찰관들이 차 안에서 어떤 표정을 짓고 있을지 훤히 보이는 듯했다. 잠시 후 행렬이 꼬리를 보이며 동네를 빠져나가자 행동이 날랜 아이들 몇이 집 밖으로 뛰쳐나와 그 뒤를 쫓아 달렸다. 겉옷도 안 입고 달려 나온 아이들을 저만치에서 아이들의 아빠가 혼비백산이 되어 잡으러 따라가는 걸 보고는 웃지 않을 수 없었다.

소방차와 경찰차들의 행렬이 지나가고 난 후의 동네 길가는 다시 조용해졌지만 이전과 똑같지는 않았다. 열어놓은 창 앞에 서서, 나는 그 짤막하고 요란했던 해프닝으로 헤집어진 공기를 흠뻑 들이마셨다. 그러면서 생각했다. 나는 아마도 그것을, 그 이웃을, 끝끝내 참아낼 게 분명했다. 시야에 들어오는 그것을 무시하려고 가까스로 애쓰면서. 이웃을 사랑하는 마음일 리가 있겠는가. 그저 나를 위해서다.

내 마음의 평화를 위해 내치지 않은 봉투도 언젠가는 버리게 될 것이다. 마찬가지로 그 집 아이들도 결국 커버릴 것 아닌가. 마당의 놀이기구는 거들떠보지도 않고, 이웃과 모여 캐럴을 부르는 일 같은 건 닭살 돋고 시시해할 만큼. 그때까지 내 안의 이기심과 이해심이 타협을 깨지 않고 있기를.

우리에게 백인이 필요하다니

~~~~~~~~~~~~~~~~~~~~~~~~~

어쩌다 보니 가입하게 된 링크드인LinkedIn이 묻는다.

'Do you know ×××?'

어찌 보면 편리하고 달리 보면 공해인 소셜미디어의 맞춤 연결 서비스. 무시하면 그만이지만 상대방의 이름과 사진을 보게 되면 순간적으로 움찔 동요하게 된다. 온라인에서 외면하는 것 쯤이야 오프라인에서 직접 맞닥뜨리고 '쌩까는' 것보다는 훨씬 쉽지만.

관계가 끊겨버린 V. 보아하니 결국 또 이사를 간 모양이다. 작정하고 연락하지 않으면 다시는 만나게 되지 않을 머나먼 지역으로. 실은 얼마 전 V가 현재 살고 있는 도시를 떠나게 생겼

다는 소식을 들은 바 있었다. 이곳을 떠났을 때와 같은 이유라고
했다.

　여러 해 전 일이었다. 한동네에 사느라 자주 마주치게 된 V와
나는 타지 생활을 하는 사람들이 으레 그렇듯 소외감을 매개로
가까워졌다. 미국에 살지만 미국인이 아닌, 영어권 국가 출신도
아니라는, 게다가 현지인들에게 딱히 우대받는 국가 출신이 아
니라는 공통점이 우리의 친분에 밀도를 더했다. 지금이야 한류
다 뭐다 해서 해외에 체류하는 한국 사람들의 입지가 많이 나아
졌지만 솔직히 말해 아시아계가 서양 사람들에게 덮어놓고 환
대받는 경우란 별로 없다. 현지인들에게 이유 없이 부당한 대우
를 받을 때마다 그들과 다른 나의 생김새 때문이라고 생각했기
에 V가 투덜거릴 때 놀라웠다.

　"내가 세르비아 출신이라는 걸 밝히면 상대방의 얼굴색이 얼
마나 달라지는 줄 알아?"

　"넌 생김새가 그들과 같잖아. 게다가 금발. 그런데도 그래?"

　"동유럽 출신이라고 무시하는 거지 뭐."

　미국인들이 유럽 국가 출신에게 관대하다는 걸 모르는 바 아
니었지만 그 관대함이 서유럽의 경제 선진국 출신들에게 한한
다는 것까지는 미처 생각해본 적이 없었다. 하기야 내가 당하는
일에 울분을 터뜨리기도 바쁜데 동유럽 출신 백인이 받는 차별

까지 눈여겨볼 여유가 있었겠는가. 동병상련. V와 나는 더 친해졌다. 밥을 먹고, 차를 마시고, 우리가 이해할 수 없는 미국인들의 관습과 행동양상을 잘근잘근 씹으며 이방인으로서의 동지애를 다졌다. 미국인들이 집착하는 것들에 조소하고, 미국인들이 경시하는 것을 드높이며 '그들과 다른 우리의 같음'을 공감하고 서로에게 위로받았다.

그런데 속을 터놓을 정도로 친해지니 조금씩 신경을 긁는 것들이 눈에 들어왔다. 자본주의가 몸에 밴 나와 사회주의 체제 아래 성장기를 보낸 그녀와의 괴리도 없지 않았다. V 부부는 다니고 있는 직장 내 프로젝트가 아무리 바쁘게 돌아가고 있어도 개의치 않고 휴가를 가는 데다, 주어진 연간 휴가 기일을 누구의 눈치도 보지 않고 몰아서 썼다. 옆에서 보는 내가 다 간이 떨려서 괜찮겠냐고 조심스레 물어보면 당당히 답하곤 했다.

"주어진 휴가를 원할 때 쓰는 건 노동자들이 투쟁으로 얻어낸 권리 중 하나야. 회사에 쓸데없이 충성하느라 과로하는 건 노동자들이 쟁취해낸 것들을 도루묵으로 만드는 죄악이라고!"

맞는 말이다. 하지만 근면을 미덕으로 알고 자란 아시아계인 데다가 일한 만큼 보상받는(늘 그렇지는 않지만) 자본주의 시스템이 사고 체계에 깊이 뿌리박혀 있는 사람으로서는 흉내 내기 어려운 용기였다. 아무리 법적으로 주어진 권리라지만 직장 내 분위기를 개의치 않고 융통성 없이 아무 때나 찾아 쓰는 배짱이 한편으로는 부럽기도 했다. 하지만 그 배짱이 소신의 영역을 벗어나 선을 넘으면 부러움이 반발심으로 변질되곤 했다. 직장 내 중국인 동료가 성과를 내느라 늦은 밤까지 일하다가 꾸벅꾸벅 조는 모습을 흉내 내며 조롱하는 것은 아무리 좋게 봐주려 해도 듣기 거북했다. V가 그 동료를 언급할 때 '중국인'이라는 말을 덧붙이지 않았으면 달랐을까. 직종을 불문하고, 미국 내 기업에서 일하는 아시아계 직원들은 언어의 장벽에서 기인하는 소극성 때문에 리더십이 부족하다는 편견의 벽에 부딪히는 일이 잦다. 그럼에도 불구하고 묵묵하게 많은 양의 일을 해내는 아시아 사람들의 성실함이 모욕당하는 기분이었다.

이렇듯 삐걱거리는 것들이 종종 튀어나와도 마음을 다독여 가며 V와의 우정을 지켜나갔다. 완벽한 사람이 어디 있나. 그간 쌓은 정도 있는데 몇 가지 실수로(그런 게 실수라면) 관계를 정리할 수는 없지. 사실 V에겐 장점도 많았다. 정을 잘 주는 성격이라 허물없이 지내기 편했다. 그러면서도 마음 한구석에선 이러다 V가 싫어지면 어쩌나 싶었는데 그 걱정도 오래 할 게 못 되었다. V가 남편의 실직으로 이 지역을 떠나게 되었기 때문이었다. 고과 평점이 기준에 못 미치는 직원들을 구조 조정 기간에 정리 해고하느라 벌어진 일이었다. V는 '하드 워커'인 남편이 해고

당한 까닭을 도무지 짐작할 수 없다며 나를 찾아와 한참을 울고 갔다.

다행히 V의 남편은 곧 재취업했고, V의 가족은 새 직장이 있는 보스턴으로 이사를 가게 되었다. V가 떠나고 난 뒤에도 우리는 가끔씩 서로를 초대하고 방문하며 관계를 이어나갔다. 보스턴으로 간 V는 다시 행복해진 것 같았다. 이유야 어쨌건 스몰타운을 벗어나 빅시티로 가게 된 것이 만족스럽다고 했다. 대도시에 사는 이점을 피력하는 것만으로는 부족했는지, 그녀가 떠난 이곳을 도저히 못 배겨낼 척박한 곳으로 끌어내리기도 했다. 남아 있는 나로선 듣기 좋을 리 없었으나 이 동네를 쫓기듯 벗어날 수밖에 없었던 V가 상처 난 자존심에 반창고를 붙이고 있는 것이려니 하고 넘어갔다.

뭐랄까. 지금 와서 생각해보면 V에게는 다소 다듬어지지 않은 구석이 있었다. 인간 군상을 완벽한 깍쟁이 유형과 수더분한 둔탱이 유형으로 나누면 후자 쪽에 가까운 타입이었다. 대개는 이 두 유형의 중간쯤에 있는 사람들이 타인과 두루두루 잘 지내게 마련이고 나도 그런 사람들을 편안해한다. V의 경우, 그녀와 내가 공유했던 이방인으로서의 설움 같은 것이 아귀가 맞지 않는 기질 차이를 상쇄했던 듯하다.

지금도 문제의 그날을 떠올리면 한참을 생각하게 된다. 속을 터놓는다는 것과 속내를 드러낸다는 것의 엄청난 간극을. 비슷한 듯 분명 전혀 다른 종류의 처신이다. V와 나는 어디서부터 어긋난 걸까.

화제는 당시 V가 참석하게 될 결혼식으로 시작됐다. V는 몇 년 동안 일본에 체류한 적이 있었는데 거기서 살 때 친해진 가족의 결혼식에 초대받고는 한껏 들떠 있었다. V가 여러 번 화제에 올렸던 일본인들이었고, V가 나와 한동네에 살 때 그 모녀가 미국 여행을 와 V의 집에 머물렀기 때문에 나도 인사를 나눈 적이 있었다. 모녀 중 딸인 아가씨가 결혼을 한다는데 그쪽에서 V에게 청첩장을 보내면서 놀랍게도 비행기 표까지 끊어줬다는 거였다. 결혼식 테마는 이른바 '프렌치 웨딩'이고, 교토의 엄청나게 럭셔리한 호텔에서 치러질 거라며 V는 신이 나 있었다.

"오호, 부자 친구 두니까 좋네?! 결혼 선물은 뭘로 할 거야?"

결혼 선물에 대한 궁금증을 드러낸 데에는 사실 속내가 따로 있었다. 비행기 표까지 끊어 보내준 성의에 어느 정도는 상응하는 선물을 해야 한다는 귀띔을 해주고 싶은 오지랖이 자연스레 발동한 거였다. 금전적 '기브 앤드 테이크'라는 암묵적 상식에서 V가 취약하다고 여긴 탓이었을 거다. 아니나 다를까. V가 사놓았다는 선물이 뭔지 듣고 나니 좀 어이가 없었다. 못 참고 한마디 했다.

"좀 약하지 않아? 비행기 표까지 보내셨다며? 더구나 아시아 사람들은 결혼식에서 자기가 먹게 될 식사 값까지 고려해서 축의금 액수를 정하는데."

실은 좀 약한 정도가 아니라 황당할 만큼 약소한 선물이라 나도 모르게 입바른 소리가 나와버린 거였다. V는 잠시 당황하는가 싶더니 얼마 안 있어 평정을 되찾았다. 무안을 준 내게 되돌려줄 반박 콘셉트가 정해진 모양이었다.

"글쎄. 솔직히 나로선 비행기 표가 오지 않았다면 그 결혼식에 참석할 순 없을 거야. 비행기 표까지 사 보내니 못 갈 건 없는 거고. 그런데 선물이나 축의금을 거기에 맞게 해야 한다는 건 좀……."

거기까지는 V의 말이 꼭 틀렸다고 볼 수는 없었다. 문제는 V가 거기서 한 발짝 더 내디뎠다는 데 있었다.

"그리고 말이 나왔으니 말인데, 그 친구가 비행기 표까지 보낸 이유가 뭐겠어? 결혼식 테마가 프렌치 웨딩이라잖아! 결혼식 사진에 그림이 괜찮게 잡혀야 할 텐데 백인들이 좀 껴 있어야 하지 않겠어? 결국 자기들이 날 필요로 하니까 비행기 표도 보냈을 텐데 뭐."

아아…… 정말이지, 머리가 핑그르르 돈다는 게 이런 걸까 싶게 화가 치솟는데도 받아치지 못했던 것이 천추의 한으로 남아 있다. 물론 큰 액수의 선물이나 축의금을 하지 않는 데 대한 명분을 내세우기 위해 V가 되는대로 내뱉은 말일 수도 있다. 하지만 무턱대고 화를 내기엔 내 분노에 제동을 걸고 있는 수치심의 질량이 셌다.

V가 드러낸 속내가 일종의 '간파'에서 기인했다는 걸 인정하기란 고통스러운 일이었다. 도대체 뭘 믿고 속내를 까발린 건지 도저히 묵과해줄 수 없는 V의 무개념은 일단 차치하고, 일부 백인들이 저토록 당당하게 뻔뻔할 수 있는 것에 우리 아시아인들의 책임은 없을까. 아시아권 도시들을 뒤덮은 알파벳 간판, 우리가 쓰는 기사나 온라인 포스팅에 차용된 사진 속 금발의 선남선녀들, 한국 브랜드 아동복 화보 속에서 포즈를 취하고 있는 백인 어린이들, 크리스마스, 밸런타인데이, 심지어 핼러윈데이까지 챙겨가며 떠들썩해진 우리의 자화상. 그 모든 걸 바라보며 자신들의 이미지와 문화를 '하사'한 우월감에 젖어 있을 서양인들. 놀랄 일도 아니다.

가까이 지내는 한국인 지인 중, 얼마 전 한국으로 파견 근무를 나갔다 돌아온 사람이 있다. 인사차 통화를 하던 중 그녀가 투덜거렸다. 2년간 한국에서 지내면서 가장 견디기 어려웠던 점이, 미리 파견 나가 있던 미국인 동료들이 한국에서 받는 필요 이상의 우대에 완전히 젖어든 나머지, 한국인들을 상대로 갑질

하는 데 익숙해진 모습을 목격하는 일이있다고.

"그 꼴 보기 싫어서 더 이상 못 있겠더라고!"

유튜브 스타 중 유창한 한국말로 채널을 운영하는 외국인 중 올리버쌤이라는 미국인이 있다. 한국에 살면서 양쪽 문화를 비교 분석하는 비디오 클립을 제작해 올리는데 시점이 흥미로워 가끔 들여다본다. 영어권 국가가 아닌 한국에 와서 당당히 영어로 음식 주문을 한 뒤 알아듣지 못해 당황하는 음식점 직원을 짜증 난다는 눈초리로 바라보던 한 미국인을 비난하는 내용이 있었다. 영상 말미에 올리버쌤이 귓속말 시늉을 내며 덧붙였다.

"이건 제 개인적인 생각인데요, 외국인에게 그렇게까지 잘해 줄 필요는 없다고 생각해요."

미국인인 그가 보기에도 오죽했으면.

V가 내뱉은 말로 인해 벌어진 균열은 도저히 이어 붙일 수 없었다. 내가 할 수 있는 복수로 별다른 게 있겠는가. 절교밖에. 그렇다고 절교 선언을 하진 않았지만 V에게서 오는 이메일과 전화를 단계적으로 회피하고 답신을 거부하면서 V가 내 의중을 짐작하도록 유도했다. 이제는 V도 내게 연락을 하지 않는다. 내가 그렇듯 V도 소셜미디어가 어거지로 나를 상기시켜줄 때마다 씁쓸하게 지난날을 떠올릴 것이다. 내가 돌아선 이유를 V가 알아냈는지 못 알아냈는지는 모르겠다. 다만 바라건대 서로

에게 위로가 되어주었던 그 시절에 대해 그녀가 곡해하고 있지 않기를.

　'나는 백인이 필요했던 게 아니란다. 친구가 생겨서 기뻤을 뿐.'

비겁함의 대가

~~~~~~~~~~~~~~~~~~~~~~~~~~~~~~~~~~

남편이 혼자 쇼핑을 나가서 주황색 조끼와 모자를 사 왔다. 그냥 주황이 아니라 주목성이 무지하게 강한 야광 주황색이었다. 요즘 남편은 직장을 통해 친해진 두 사람과 삼총사를 이뤄 매주 일요일 숲으로 하이킹을 다닌다. 그 친구들이 일러주길, 숲속에서 총에 맞지 않으려면 민간인이라는 식별 표시가 가능하게 주목성이 강한 오렌지색 옷을 입어야 한다는 것이다. 그것이 사냥 시즌에 유념해야 할 하이커 안전 수칙이라는 걸 남편도 나도 미국 생활 20년이 되어가도록 몰랐다.

본격 사냥 시즌인 겨울에는 사냥꾼들이 숲으로 찾아오고, 사냥꾼들이 숲속에서 움직이는 하이커의 기척을 사슴으로 오인해 총을 쏘게 되는 불상사를 막기 위해 눈에 띄는 옷을 입는 것이다. 그런 위험을 불사해가면서까지 숲속 하이킹을 해야 하나 싶었지만 남편이 참여하는 유일한 사교 활동을 막고 싶지는 않아서 지켜보고 있는 참이다. 친구들이 알아서 인도하겠지 신뢰하면서. 삼총사 중 남편을 제외한 두 사람은 미국에서 태어나고 자란 사람들인데 도시 출신이 아니라서 어릴 때부터 사냥과 낚시 같은 걸 일상에서 늘 곁에 두고 컸다고 한다. 말하자면, 영화 〈흐르는 강물처럼〉에서 볼 수 있는 배경이 고향인 사람들. 그들의 체화된 위험 인지 능력을 믿어봐야지 별수 있겠나 싶다. 사냥꾼들의 총부리가 도사린 숲속을 걷는 남편을 상상할 때 찜찜한 마음이 드는 것까진 어쩔 수 없지만.

총이라는 물건을 실제로 본 것은 미국에 와서 살게 된 지 1년쯤 지났을 무렵 어떤 집에 초대받아 갔을 때였다. 당시 내가 살던 지역은 미 대륙 중부 지역으로, 대도시에서 먼 소위 전형적인 미국인들이 지역주민의 상당수를 이루는 곳이었다.

그렇다면 '전형적인 미국인'이라는 건 어떻게 정의해야 좋을까. 내 기준으론 이렇다. 타인과는 물리적으로든 정서적으로든 일정한 간격을 두고 교제한다. 스포츠에 열광하며, 잔디 관리에 목숨 건다. 미 대륙 바깥 지역에는 관심이 없지만 디즈니랜드는 수차례 간다. 여윳돈이 생기면 배를 산다. 차고에 세워둔 차들 중 한 대는 픽업트럭이다. 주말이 되면 그 픽업트럭에 장비를 싣고 숲으로 향한다. 그리고 거기서, 비상하는 새나 수풀 사이를 달리는 사슴에 총알을 박는다.

지극히 내 주관적인 시각이므로, 누군가는 동의할 것이고 누군가는 동의하지 않을 것이다. 물론 이 넓은 미 대륙에는 온갖 유형의 사람들이 살고 있다. 앞에서 묘사한 전형적 미국인 상이란 일종의 외지인인 내가 봤을 때 그렇다는 것이다. 서술에서 냉소가 묻어나는 것은 내가 이 전형성을 삐딱하게 보고 있기 때문이고.

자랑할 일은 아니지만 나는 때때로 미국인을 두 가지로 분류해 점수를 매기는 습관이 있다. 이를테면 전형적이고 뻔한 미국인, 혹은 개방적이고 지적인 미국인 등으로 단순 규정하는 식이다.

각설하고, 당시 초대받아 가게 된 그 집은 주택 지구 개발로 부를 이룬 그 지역 유지의 집이었다. 집주인인 노신사의 안내를 받으며 싱그럽고 깔끔하게 관리된 잔디, 고급스럽게 지어진 건물, 적재적소에 어울리게 배치된 가구로 꾸며진 실내를 돌아보는 일은 흥미로웠다. 마지막으로 노신사는 지하에 꾸며놓은 커다란 휴식 공간으로 나를 안내했다. 당구대가 있고, 위스키 바도 있는 어른들의 놀이 공간. 사방의 벽을 장식한 것들에 시선이 간

순간 내 눈은 휘둥그레졌다. 박제된 짐승들의 머리, 종류와 크기별로 늘어선 검은 총들. 표정 관리를 했지만 노신사는 내 얼굴에서 경악을 간파한 모양이었다.

"이곳에 한국 사람들을 데려오면 다들 똑같은 표정을 짓더군요. 하지만 겨울철이면 사슴들은 먹을 게 부족하기 때문에 어차피 많이들 굶어 죽고 그래요. 사냥이 나쁘다고만 볼 순 없지요. 겨울 숲을 파먹어 황폐를 야기하는 개체수를 줄여준다는 점에서요. 사슴 입장에서도 굶주림에 지쳐 장기적으로 고통받다가 죽는 것보다 낫고요."

내게 있어서는 사냥에 대한 새로운 관점이었다. 그럼에도 처음 들어보는 이야기라 쉬이 수긍이 가진 않았다. 그럴까 정말? 오랫동안 굶주리는 것보다 총알로 한 방에 목숨이 끊어지는 게 나은 걸까? 아무리 생각해봐도 거부감이 이는 건 어쩔 수 없었다. 갖은 이유를 가져다 붙여도 내게는 사냥이라는 행위가 재미로 하는 살생으로밖에 여겨지지 않았다.

몇 년 후 그 지역을 떠나와 이제는 동부의 해안가에 살고 있는데 확실히 이곳에서는 '전형적'인 미국인이 적은 듯 보였다. 뉴욕과 보스턴이라는 대도시가 가까이 있어 개방적인 분위기이고, 인종 분포가 다양하고, 대체로 교육 수준이 높아 진보적인 가치관을 가졌다고 일컬어지는 민주당 지지자들의 본거지는 공화당 표밭인 중부 분위기와는 달랐다. 나 역시 전형적 미국인은 으레 공화당을 지지한다고 보고 있고, 실제로 중부에는 공화당 지지자들이 많다.

동부로 이사 와 친해지게 된 S 부부는 '비전형적'이었다. 잔디 따위는 잡초와 섞여 자라도 개의치 않고, 상업적 신흥 주택 대신 고풍스러움이 살아 있는 고택을 선택해 살며 불편함을 감수하고, 지구촌 곳곳의 문화에 관심이 많고, 이국적인 음식 가리지 않고, 민주당에서도 유독 급진 진보 인사인 버니 샌더스를 지지하는 지식인.

S 부부와 저녁 식사를 함께한 어느 날이었다. 평화로운 마을의 한 초등학교에서 어린아이들을 향한 무차별 총격 사건이 있고 난 얼마 후였다. 주목받고 싶은 잠재 범죄자들에 의해 모방 범행이 일어나기 시작하자 언론사들끼리 합의해 사건 보도를 자제하기로 결정해서 뉴스에선 잠잠해졌는데, 멀지 않은 곳에서 일어난 그 사건은 내게 큰 충격을 줬다. S 부부와 마주한 저녁 식사 자리에서 해당 사건이 도마에 올랐다. 식사 중의 소재로 그리 좋은 선택은 아니었지만 그 사건의 여파는 당시 미국인들에게 짙은 그림자로 드리워져 있었기에 화제를 피해갈 순 없었던 듯싶다. 총기로 인한 대형 사고가 있을 때마다 늘 총기 규제 법안 관련 이슈가 대두되지만 매번 흐지부지되고 마는 미국의 현

실이 개탄스러웠던 내게서 불만이 터져 나왔다.

"대체 일반인이 뭣 때문에 총을 사서 가져야 하냐고!"

목소리를 한껏 높인 건 S 부부가 한술 더 떠줄 거라 기대해서였을 것이다. 나처럼 흥분하진 않더라도 최소한 맞장구라도 칠 거라고. '그러게 말이야. 진짜 이렇게 놔둬도 되는 거야? 총기협회가 문제야' 등등.

하지만 예상은 빗나갔다. S 부부는 무반응이었다. 조용했다. 내가 뱉은 말이 허공에서 꺼져버리는 걸 느끼면서도 잠깐 동안은 그들의 침묵이 의미하는 바를 알아차리지 못했다. 정적이 지나가고, S가 미묘하게 표정을 바꾸면서 화제를 돌렸다. 그때서야 하나의 이미지가 사진 찍히듯 눈앞에 그려졌다. 그들의 아름다운 고택 안 어딘가에 잠자고 있을 한 자루의 총.

내게 있어 '비전형적' 미국인으로 분류되던 S 부부는 이슈에 동의하지 않을 때 논쟁 대신 침묵을 택하는 미국인의 전형성으로 자신들의 입장을 표명한 거였다. 그리고 그 일은 내게 전형성과 비전형성에 대한 인식 변화를 가져다줬다. 세상사를 흑과 백으로 단순 구분할 수 없다는 당연한 사실을 나도 모르게 간과하고 있었다. 동시에 절망감이 밀려왔다. 미국인들이 총기를 소유하지 못하게 하는 일이 과연 가능할까 싶었다. 적어도 진보 지식층은 총기 규제 법안을 원할 것이라는 확신도 없는 마당에, 심지어 저들 중에서도 총을 소유해야 자신의 안전이 보장받는다고 여기는 이들이 섞여 있는 마당에, 총기 규제 법안이 통과되는 날이 올까 싶은 것이다.

이후 동네에서 친하게 지내는 또 다른 친구가 총기 규제를 요구하는 시가행진에 참여하지 않겠느냐고 물어온 적이 있었다. 내가 소극적인 반응을 보일 수밖에 없었던 것도 바로 그 무력감 때문이었다. 일반인의 총기 소지를 불법화하자는 의견을 가진 시민들이 아무리 목소리를 높인다 한들 이 나라에서 총을 사라지게 만든다는 건 불가능할 거라는 체념이 내 마음에 이미 자리잡은 것이다.

나는 직답 대신 말을 돌렸다.

"오전에 일이 좀 있기는 해. 그런데…… 누구누구 간대?"

"크리스틴도 가고 프랜도 갈 거야. 아, 카르멘도 갈지 모르고."

크리스틴? 프랜? 내가 아는 한 그들은, 중산층이 죽어라고 벌어서 낸 세금이 정부 보조금에만 의지해 노력 없이 살아가는 계층에 뿌려지는 게 부당하다는 이유로 공화당을 지지하는 이들이었다. 나도 모르게 툭 튀어나왔다.

"걔들은 공화당 지지자들이라고 하지 않았어?"

친구는 내 말에 깔린 의도를 금세 알아차리고는 빙그레 웃으며 말했다.

"공화당 지지한다고 죄다 트럼프 팬은 아니잖아?"

맞는 말이다. 내 질문은 우문이었다. 모든 보수가 총을 지지하는 것도, 모든 진보가 총을 반대하는 것도 아니라는 당연한 사실을 망각하고 뱉어버린 말이었으니.

총기 사고가 일어날 때마다 규제 법안 통과에 관한 목소리들이 커지지만 칼자루를 쥔 이들은 정치적 손익에 따른 계산만 할뿐 중심을 분쇄할 의지가 없어 보인다. 사유지는 제 손으로 지켜야 한다는 개척자 개념으로 무장한 총기 애착. 이는 시대와 맞지 않는 헌법, 미국인들의 의식에 뿌리박힌 상징성, 범죄 조직, 대규모 이권이 걸린 무기 시장, 총기협회와 결탁한 정치 구조의 다층적 망으로 얽혀 있어 좀처럼 해체하기 어려운 문제다.

나는 친구에게 대답 대신 다시 반문했다.

"과연 미국인들이 총을 포기하게 되는 날이 올까?"

의욕이 엿보이지 않는 내 삐딱한 태도에 친구의 일침이 날아왔다.

"너 저번에 나한테 그랬잖아! 한국에서는 집권 중인 대통령도 탄핵시킨다고. 될 때까지 계속 해야지!"

매사에 긍정적인 친구. 그날 앞에 놓인 키라임 파이를 떠먹으며 생글거리던 그녀의 표정이 생각난다. 친구의 권유에도 나는 결국 시가행진에 나가지 않았다. 시위도 가능성이 있을 때 할 의욕이 생기는 건데, 가능성에 무게를 두기에는 내가 너무 현실적이었다. 총이 영화에서나 나오는 무시무시한 물건이 아니라는 걸 여러 번 경험했으니까. 남편이 오렌지색 조끼와 모자를 쓰고 집을 나서는 일요일 아침마다 가슴께를 관통하는 선득함을 감수해야 하는 건 그날 친구를 따라 행동에 나서지 않고 비겁한 관조로 물러나 있던 것에 대한 대가일지도 모르겠다.

오래된 악기들의 호텔

"화요일 오전, 그럼 그날⋯⋯."

C와 약속을 잡은 다음 전화를 끊었다. 그 동네에 갈 생각을 하니 마음이 들뜬다. 동네를 슬슬 걷다 보면 어느새 바닷물이 발 끝에 와 있는데 항구도 해수욕장도 아닌 곳. 어쩌다 보니 오래 전부터 바닷가에 터를 잡고 산 사람들이 부동산 시세 등락과 상관없이 긴 세월을 이어 살아왔던 동네다. 동시에, 그토록 마음에 쏙 드는 동네를 방문할 때마다 눈이 즐거운 한편 마음 한구석 아릿한 씁쓸함이 남는데, 처음 그곳에 간 날 구경 삼아 동네를 한 바퀴 돌면서 직감적으로 알아차린 일종의 '선' 때문이었다.

내가 만일 그 동네로 이사를 가고 싶어 부동산 중개업자를 대동해 돌아다닌다 치자. 그 광경을 본 주민들, 즉 정원의 장미에 물을 주던 노부인이나 테라스에 나와 한가로이 커피를 마시던 부부의 이맛살이 찌푸려지는 장면이 연상되는 분위기라고나 할까. 나를 위축시킨 것의 정체는 바로 폐쇄성이었다. 그 동네는 큰 도로를 빠져나와 들어가다가 아무것도 없는 곳 아닌가 싶을 때 꿈같이 나타나는 아담한 반도다. 일부러 꼭꼭 숨겨놓은 듯한 곳에 위치한 동네라 그런지 그 폐쇄성이 한결 더 두드러져 보였고, 그걸 감지한 내 감각은 그곳의 보이지 않는 선을 자꾸만 더듬게 된다.

그럼에도 불구하고, 더럽고 치사하게도, 나는 그곳에 가는 게 좋다. 그 동네 어귀에는 작은 개천 하나가 흐르고, 그 위에는 작고 소박한 다리 하나가 걸려 있다. 그 다리를 건너갈 때면 엎다이크나 치버의 소설 배경 속으로 빨려 들어가는 것만 같아 묘한 흥분이 인다. 그리고 C는 그런 동네에 꼭 어울리는 사람이다.

C는 바순 연주자이자 이 지역 심포니 단원이고, 소도시 주변 예술가들이 으레 그렇듯 벌이가 시원치 않아 악기 보수 일을 겸업한다. 그 덕분에 이 근방에서 목관 악기를 다루는 사람들에게는 잘 알려져 있다. 나 역시 아들의 클라리넷을 고쳐야 할 일이 있어 C와 알게 되었고, 어림잡아 대략 1년에 한 번 정도 그를 만나게 되는 것 같다.

C가 약속을 정하는 방법은 사실 내가 선호하는 방식하고는 거리가 멀었다. 대충 언제쯤, 그러니까 도착해서 전화하면 나타나겠다는 불확실한 약속 방식이니까. 분명한 걸 좋아하는 내 성격과는 맞지 않는 방식이라 약속을 정하고 나면 늘 불안했다. 하지만 C가 나를 실망시킨 적은 없었다. '그 집' 앞에 도착해 전화하면 C는 늘 알겠다며 전화를 끊고는 1~2분 안에 나타난다. 그 집은 C의 노모가 사는 집이고, 정확히는 모르지만 C가 전화를 받고 나타날 때까지의 시간 경과로 보아 몇 집 건너에 C의 집이 있는 듯했다.

C와 만나면, 그를 따라 삐걱거리는 외부 계단을 밟고 올라 작업장으로 들어간다. 노모가 사는 집 다락방을 개조해 만든 악기 수리 공방인데 오래된 집이라 다락도 몹시 낡았다. 세월을 품은 나무, 먼지, 아교 냄새 따위를 머금은 세밀한 입자들이 공기 중에 떠다니는 곳이다. 제 몸의 일부를 다른 악기의 일부로 기증해야 할 운명이 된 망가진 목관 악기, 빽빽이 널린 공구, 주인 옆에서 엎드려 웅크린 늙은 개, 빛바랜 사진 액자가 있는 그곳은 나를 매료했다. 처음 들어갔을 때부터 이상하리만치 마음이 편안했다. 시간이 멈춘 장소에 들어선 듯한 비현실감이 나를 안정시켰다. 미국은 많은 것이 프랜차이즈화되어 있고 매스프로덕션의 산물이 도처에 널린 나라다. 눈 닿는 곳곳 '내 고국 아님'을 풍기

는 곳들을 떠돌다가 그 방에 들어가면 내가 발 딛고 사는 땅의 '국적'이 지워지고, 그 공간의 '성격'만을 감각하게 된다. 오래전의 나는 주로 물감 냄새, 종이 냄새, 흑연 냄새가 떠다니던 공간에 속해 있었는데, C의 작업장은 내 과거와 닮은 곳에 들어와 있는 것 같은 기분을 줬다. 그 방만큼은 나를 서운하게 했던 동네의 폐쇄성도 없었다.

C가 내게서 받아든 악기를 작업대에 내려놓고 살펴보는 동안 나는 주로 그 옆 스툴에 멍하니 앉아 있곤 한다. 그 방의 낡은 것들을 눈에 담고, 냄새 맡으면서. 개를 무서워하지만 C의 늙은 개는 내 다리에 닿을 정도로 가까이서 어슬렁거려도 신경 쓰이지 않는다. 딱히 무례하지도 않지만 살가운 말 같은 것도 잘 건네지 않는 C가 안경을 코에 걸고 클라리넷을 찬찬히 살펴보다가 툭 던지는 말은 며칠 후 악기를 찾으러 오라는 간단한 내용일 따름이다.

한번은 C가 내게 어느 나라 사람이냐고 질문한 적이 있었다. 문답이 화두가 되어 대화가 이어졌는데 나더러 미국에 계속 살건지 한국으로 돌아갈 건지 물었다. 나 역시 스스로에게 매일 묻는 주제이기에 답하기 어렵노라고 사실대로 말했다. 시민권 신청을 하지 않고 영주권자로 살고 있는 이유도 마음을 정하지 못해서라고 덧붙였다. 그 말에 C가 안경 너머로 삐끄름이 눈을 올려 떴다.

"시민권 갖고 사는 거랑 영주권 갖고 사는 거랑 차이점이 뭔데요?"

"시민권이 없으면 미국인이 아니니 투표를 못 하죠. 권리 주장하기도 어려운 데다 자칫 운 나빠서 이상한 일에 휘말리면 이 나라에서 쫓겨날 수도 있고요."

C가 그제야 알았다는 듯 입술을 꾹 다물고 고개를 끄덕이더니 또 물었다.

"그래서, 시민권 안 받게요?"

"글쎄요. 미국에 남기로 결정을 하면 받긴 받아야 할 것 같긴 한데……."

거기까지 말하고는 다음 내용에서는 웃음기를 담았다. 이유의 엄숙함에 자조가 일었다고 할까.

"실은 아직 '미국인'이 될 마음의 준비가 안 된 것 같아요. 가끔 공적인 행사 같은 데 가면 성조기 보면서 가슴에 손을 얹고 국기에 대한 맹세를 하는 절차가 있잖아요. 그런 상황에 놓이면 어쩔 줄을 모르겠거든요. 남들 다 가슴에 손을 얹는데 혼자 안 하고 있으려니 눈치 보이고, 하자니 한국을 배신하는 것 같은 기분이 들고."

일종의 비유로 든 예였다. 그런데 C의 입에서 피식하고 바람

빠지는 소리가 났다. 사실 그 이야기는 다른 미국인들에게도 몇 번 해봤던 말이었다. 뭐랄까. 미국 국적을 갖고 싶어 환장한 사람처럼 보이는 건 싫어서 그랬던 것 같다. 그러면 미국인들 반응은 대개 거기서 거기였다. 그렇기도 하겠군요. 이해해요. 맞아요. 아이고, 당연하죠, 등등. 하지만 C처럼 피식거린 사람은 없었다. 어떤 의미의 웃음인지 당황스러워 머뭇거리는데 C가 작업대로 몸을 돌리며 툭 뱉었다.

"글쎄, 난 뭐 그렇게 애국심이 끓어 넘치는 사람이 아니라서……."

잠깐 무안했으나 나도 곧 그처럼 웃고 말았다. 미국인들이 할리우드식으로 애국심 고취 분위기를 만들어내고 또 그것에 과하게 감동할 때마다 내가 보이곤 했던 '피식'과 다를 게 뭔가 싶었다. C는 애국심 고취 분위기(본질상 으레 선동적이기 쉬운)에 휩쓸릴 보편적 미국인이지도, 누구의 선거 구호 키워드처럼 '미국이 위대'했다고 여기는 극단적 국수주의자도 아니었다. 무안을 당한 내가 배알도 없이 C에게 친밀감을 느낀 건 그때부터였을 것이다.

지난번에 갔을 때, C의 작업대 위에 화사한 카드가 한 장 놓여 있었다. 이십 대 중후반쯤 되었을 여자의 사진으로 만든, 흔한 미국식 연말 카드였다. 딸이냐고 묻자 C가 그렇다고 했다. 얼마 전 학위도 받았으니 이제 일자리를 잡아 안정적으로 사나 싶었는데 캘리포니아까지 가버릴 줄은 몰랐다며 서운하다는 말을 덧붙였다. 듣자 하니 외동딸이라던데 그래서 더 마음이 쓰이나 보았다. 듣기 좋은 말을 보탠다는 게 상투적인 말을 하고 말았다. 청년 일자리 문제가 심각한 시대에 좋은 직장을 잡았는데 좀 멀면 어떠냐고, 딸도 볼 겸 그 참에 캘리포니아 나들이 한번 하면 되지 않느냐고 말이다. 그랬더니 C가 내 쪽을 또 흘끔 보며 물었다. 한국에서 부모님이 가끔 오시냐고. 그렇다고 했더니 대뜸, 부모님이 오시면 마냥 좋으냐고 묻고는 나를 뚫어져라 쳐다보는 것이었다.

물론 부모님이 오신다고 하면 좋다. 멀리 살아 늘 그리우니 오시는 계획이 잡히면 들떠서 이런저런 준비로 몸과 마음이 분주해진다. 하지만 평소에 같이 살지 않던 부모님의 방문이 내 일상과 겹쳐질 때 고단해지는 부분이 있는 것도 사실이다. 부모님뿐 아니라 누가 와도 마찬가지고, 부모님 역시 미국에 사는 내가 한국을 방문해 가 있을 때마다 반가운 동시에 같은 종류의 고단함을 느낀다는 걸 알고 있다. 사람이란 다들 그런 것 아닌가.

아무리 그래도 부모님의 방문에 대해 이토록 허를 찌르는 질문을 받아본 적은 없었다. 전혀 예상치 못한 장소에서. 잠시 흠칫 놀랐다가 대답했다. 좋다고. 나보다는 내 부모님과 더 가까운 나이를 가진 C를 실망시키고 싶지 않아서 긍정적으로만 대답했다. C는 딱히 내 말을 믿는 것도 그렇다고 굳이 안 믿는 것도 아닌 덤덤한 얼굴을 하더니 다락방에 뚫린 작은 창 너머로 시선을 던졌다.

"전에 봤죠? 우리 어머니. 요즘 건강이 안 좋으셔서 내가 지척에 있어야 해요. 아무래도 감이 좋질 않아요. 내가 딸한테 가 있는 동안 돌아가시기라도 할까 싶어서."

C의 대답에 아무 말도 하지 못했다. 그의 노모를 처음 본 날을 떠올렸다. 첫 방문 때, 이 집에 C가 있는 건 줄 알았다. 굳이 전화로 불러낼 필요가 있나 싶어 도착하면 전화를 하라는 C의 말을 듣지 않고 현관 초인종을 눌렀었다. 호호백발의 할머니가 나왔다. 악기 수리 문제로 C를 만나러 왔다고 했더니, 할머니의 얼굴이 환해지면서, 아, 우리 아들! 전화하면 이리로 올 거예요, 기다려봐요, 라고 말해줬다.

그때 열린 현관문 안쪽으로 실내가 보였는데, 족히 아흔 가까이 되어 보이는 백발노인이 사는 집치고는 너무도 정갈해서 인상적이었다. 소파 천의 문양이며 커튼이며 전형적인 노인 취향이었지만 어디 하나 추레한 데 없이 단정하면서도 안락하게 관리된 거실이었다. 그러나 내가 그때를 마치 사진이라도 찍어둔 것처럼 또렷이 기억하고 있는 건 거실의 깔끔함 때문만은 아니었다. C의 노모는 표정이 신기할 정도로 밝았다. 그 나이대의 노인에게서 흔히 볼 수 있는 체념, 고집, 신경질, 쓸쓸함 같은 것들이 단 한 조각도 걸려 있지 않았다. 행복한 할머니 얼굴 콘테스트에 나가면 단연 일등을 할 얼굴이었다.

혹시라도 달가워하지 않을까 싶어 멀리 사는 자식한테는 선뜻 가지도 못하면서 어머니의 임종을 지키기 위해 한시도 곁을 떠나지 못하는 C. 그의 말을 듣고 나니 그때 노모의 얼굴에 깃들어 있던 평화와 행복이 어디에서 기인하는지 알 수 있었다. 몇 년에 한 번 만날까 말까 한 내 부모님에게 미안해지는 순간이기도 했다.

사람 사는 모습 어디나 마찬가지라지만 가끔씩 내 정서로는 납득하기 어려운 미국인들의 생소한 일면에 마음이 스산해질 때가 있다. 문화적 차이로 여기려고 애를 써보지만 냉정하다고밖에 여겨지지 않아 나 같은 이민자의 속을 공허하게 만드는 일을 겪을 때마다 그렇다. 그럴 때면 미국인들이란 나와 그렇게 다른 사람들인가 싶어 타향살이에 회의가 오곤 한다. 그러다가 가끔씩, 지친 여정에 맑은 개울을 만난 것처럼 마음에 수분을 주는 사람들을 만나게 된다. C의 다락방 작업실처럼 소박하고 꾸밈없는 곳에서 마음의 유연함을 회복하는 것이다. 팍팍하고 건조해진 마음이 물기를 빨아들이고는 기운을 차리는 것이다.

'거봐, 이런 사람들도 있잖아, 검박하고 안전한 사람들.'

어쩌면 내게는 몇몇의 사소한 경험으로 다친 상처 때문에 전체를 삐딱하게 보는 습관이 생긴 건지도 모른다. 평화롭고 아름다운 동네를 보면서도 '선'이 있다고 판정하고 마는. 이번 방문에서는 그 동네로 들어갈 때 마음에 진 주름을 좀 펴봐야겠다. 혹시 아는가. 그 동네의 다른 일면을 보게 될지. 언젠가부터 C를 보이지 않는 '선'이 그어져 있는 동네 주민으로만 여기지 않게 되었듯이. 자식에게는 깔끔히 선을 지키고, 노모에게는 다정히 곁을 지키는 범상치 않은 사람으로 인식하게 되었듯이.

일상에 넌더리가 난 나머지 어디든 다녀오지 않으면 큰일이
라도 날 것처럼 안절부절못하게 될 때가 있다. 나야 집에서 글
을 쓰고 살림을 하니까 딱히 큰 이벤트랄 게 없는 스케줄을 갖
고 있지만, 직장을 다니는 남편이나 학교를 다니는 아이들의 경
우 행사가 몰려 있는 시기가 있다. 몇 주 동안 그런 일들이 겹쳐
주말까지 빈틈없이 보내다 보면 완전히 탈진이 되어버린다. 에
너지가 바닥나버렸으니 푹 쉬면 될 것 같지만 집에 있다고 휴식
을 보장받는 건 아니다. 주부라면 다들 알 만한 이야기일 터, 즉
집을 떠나야만 기력이 충전되는 때가 오는 것이다. 주기적으로.
모처럼 공백의 주말이 생기자마자 식구들에게 휴식을 선언하고

혼자 뉴욕을 다녀온 이유였다.

우리 집에서 뉴욕까지는 차로 두 시간 거리. 보통은 운전을 해서 가거나 아예 처음부터 기차를 타고 가는데 이번에는 주차가 편한 역이 있는 중간까지 차를 몰고 간 다음, 역에 차를 세워두고 기차로 맨해튼에 들어갔다. 동네 친구가 추천해준 방법인데 당일 코스로 혼자 뉴욕을 다녀올 때 가장 편리한 방법이라는 걸 깨달았다. 무엇보다 맨해튼에서 주차할 곳을 찾느라 진땀을 빼는 시골쥐에게 안성맞춤이었다. 이런 식이면 앞으로 더 자주 뉴욕을 드나들 수 있겠다 싶어서 회심의 미소가 피어났다.

떠나기 전, 뉴욕 부근에 사는 친구와 점심 약속을 잡으면서 허드슨 야드에서 만나자고 했더니 친구는 좀 떨떠름한 눈치였다. 관광객 취향의 장소라는 거겠지. 그래도 내가 고집을 부렸다. 허드슨 야드는 최근 새로운 건축물이 연달아 지어지고 있는 맨해튼 내 대형 개발단지인데, 거기에 새로 생겼다는 복합 문화공간 더 셰드The Shed의 외관을 실제로 보고 싶었다. 건물을 감싼 파트가 접혔다 펴졌다 한다기에 흥미가 생겼고, 바로 옆에 새로 생겨 화제가 되고 있는 구조물 전망대 베슬Vessel도 구경할 요량이었다.

그러나 막상 가보니 아쉽게도 더 셰드는 개관 준비가 끝나지 않아 외양 눈요기만 할 수 있었고, 베슬 또한 2주 전부터 온라인

예약을 한 사람들만 올라가볼 수 있다고 해서 곁에서 감상하는 걸로 만족해야 했다. 건물의 내구성 보존을 위해 하루에 정해진 인원만 들인다는 것. 다행히 구릿빛 거대 조형물은 올려다보는 것만으로도 장관이었다. 내가 그곳에 간 건 정오 즈음이었는데 이른 아침 이스트 리버에서 뻗어오는 빛, 늦은 오후 허드슨 리버 쪽으로 노을이 질 때 번져오는 빛이 구리 외관에 반사될 때의 색감 차를 비교해보면 환상적이고 다채로울 거라는 생각이 들었다. 막상 보니 근사하다며, 친구 역시 만족스러워해서 내 고집이 쓸모 있어진 것도 만족스러웠다. 다만 당장은 베슬에 대한 대대적 홍보가 있었던 직후라 관광객들이 엄청나게 몰려들어 일대가 도떼기시장처럼 바글바글했다. 공원 조경이 아직 끝나지 않았고 여전히 공사 중인 부분도 있어서 안정되려면 시간이 좀 더 걸릴 것이다.

그 옆에 새로 생긴 쇼핑몰에서 친구와 점심을 먹고, 최근 가장 뜨고 있다는 브랜드 커피숍에 들러 시그니처 메뉴도 시식해봤다. 우습게도 시류에 발을 걸쳐봤다는 안도가 느껴졌다. 도심을 벗어나 교외에 살면서 가끔씩 불안해지는 내 심리를 분석해본 적이 있다. 도시에서 성장한 때문인지 시류의 중심에 있는 걸 당연시하고 살다가 거기서 멀어지면 소외감을 느끼는 게 아닌가 싶다. 매력이 없다며 프랜차이즈를 얕보면서도 새로 뜨는 브랜드를 접하지 못하면 찜찜해하는 마음은 거기서 비롯뇌는 것 아닐까.

허드슨 야드는 도심의 폐 교각 철도를 개조한 공중 공원 하이라인과 연결되는 구조로 설계되어 있다. 친구와 헤어진 뒤 산책 삼아 하이라인을 걸었다. 허드슨 야드 개방의 여파로 하이라인까지도 관광객들로 북새통이었으나 갤러리가 밀집한 첼시 남단으로 내려갈수록 인파의 밀도는 좀 헐거워졌다. 하이라인에서 내려가 갤러리까지 돌아다니는 관광객은 별로 없다는 얘기다.

뉴욕을 처음 와본 1992년 이후, 이런저런 연유로 이 도시를 자주 오게 되는데 최근 들어서는 뉴욕에 오면 첼시에만 머물렀다 가는 경우가 많다. 이유를 생각해봤더니 첼시에 미술관들이 밀집해 있어서만은 아니고, 동선 때문인 것 같다. 짧게 끊어지는 블록의 특성상 차도를 자주 건너며 걸어야 하는 맨해튼 거리가 점점 피로하게 느껴져서 발길이 절로 하이라인으로 향하는 것이다. 공중 공원 위로 올라가 첼시의 남단과 북단을 오가며 갤러리 구경을 하고 첼시마켓에서 젤라토를 사 먹으며 휴식을 취하는 게 이제 뉴욕 산책의 패턴이 돼버렸다.

이번에도 하이라인 최남단까지 걸어갔다가 첼시마켓으로 내려가 음료를 마시며 쉬고, 다시 거리로 나와 갤러리를 돌아봤다. 랭킹 넘버원 갤러리 가고시안Gagosian은 아쉽게도 잠시 문을 닫아 방문하지 못했으나 그 골목 갤러리들 컬렉션은 확실히 독보적이라 미술계의 '대처'로 진출한 아티스트들의 흐름을 읽을 수 있다.

작품 구경을 실컷 하고 지쳐서 더는 못 움직일 때까지 뉴욕 거리를 걷다가 택시를 잡아타고 그랜드센트럴역으로 향했다. 코네티컷으로 들어서는 기차 안에서 창밖을 보고 있자니 피식 웃음이 난다. 이 하루가 뭐라고 이리 기분이 달라지나. 그래 봐야 결국 내일이면 또다시 같은 곳에서 같은 호흡으로 일상을 시작할 텐데. 출신은 어쩔 수 없는지 어떤 식으로든 미술 냄새를 맡고 오면 개운하다. 뭐랄까. 한동안 입에 잘 안 맞는 서양 음식만 먹고 살다가 익숙한 곳으로 돌아와 신김치 곁들여 밥 한 공기 물 말아서 먹고 난 기분이랄까.

그럼에도 나라는 인간은 이 정도 청량감에도 금세 다시 집을 사랑하게 된다. 사실 그것이 여행과 일탈의 본질이니까. 나를 감싼 테두리에 감사하기 위해 떠나는 것. 흔들리는 기차, 어둑해져 가는 하늘, 기분 좋은 피로, 하루의 일탈만으로도 집이 다시 좋아지는 나의 얄팍함까지, 전부 마음에 들었던 토요일이었다.

인간에
대한
믿음

✦

PART 4

푸른 눈동자에게

서울의 골목길에서 살던 어린 시절이 있었다. 도시의 주택가 골목길이 으레 그렇듯 버스 정류장과 육교가 있는 큰길에서 뻗어 들어온 가지 길로, 제과점, 문방구, 서점, 구멍가게 같은 상점을 하나씩 지나쳐 걸어 들어가게 되어 있었다. 그 동네 이전과 이후, 다른 곳에서도 살아봤지만 어린 시절을 더듬을 때면 반사적으로 그 골목길이 떠오른다.

동경하던 노란색 단체 가방을 메고 유치원을 다니기 시작한 것, 산타클로스에게 호명되어 무대에 올라 선물 꾸러미를 받아본 것, 손수건과 명찰을 가슴팍에 달고 초등학교 입학식에 간 것 같은, 그 또래 인생의 빅 이벤트가 다 그 동네에 살 때 벌어졌으니 그즈음이 성장기의 기억에 악센트로 남아 있는 게 당연하기도 하겠지. 서울에서도 시골스럽게 살 수 있었던 그 시절의 정서도 한몫하지 않았나 싶다.

우리 집은 골목길에서도 안쪽으로 한 번 더 꺾어 들어와 집네 채가 'ㄷ' 자 형으로 모여 지어진 구조에 속해 있었는데, 오목하게 들어온 길의 특성상 동네 아이들이 그 안에서 우글우글 모여 놀곤 했다. 언제인지 모르게 그 가운데 평상이 하나 놓이고, 춥지 않은 날이면 동네 아줌마들이 채소 같은 걸 가지고 나와 모여 앉아 다듬으며 수다 욕구를 풀었다. 여름에는 집집마다 돌아가면서 수박이나 찐 옥수수 같은 것을 평상에 풀어놓고 이웃들에게 선심을 쓰는 관례가 생겼는데, 그런 날이면 아이들도 한껏 신이 나서 손에 쥔 수박을 베어 먹으며 달빛 아래서 뛰어놀곤 했다. 깨끗이 씻겨 잠옷까지 입혀놨더니만 도로 땀범벅이 된다고 아이들을 향해 혀를 차면서도, 어른들 중 그 누구도 여름밤의 평상 파티가 주는 흥을 깨려 하진 않았다.

어린 시절의 행복이란 소박하고도 평범한 것들에서 비롯된다는 걸 다시금 일깨워주는 추억인 건 두말할 여지가 없다. 이따금씩 그 장면들 속에서 삐죽이 고개를 내미는 그 기억만 지워버린다면. 평온하고 밝았던 사람들의 무심함 바깥쪽에서 눈물 흘리고 있었을 한 아이에 대한 기억만 존재하지 않는다면 말이다.

"너, 걔 봤어?"

그맘때 대부분의 시간을 나와 함께 보내던 친구가 말했다. 얼마 전부터 눈이 파란 도깨비 같은 아이가 가끔 우리 골목에 나타난다는 것이었다. 컬러 TV가 일반 가정에 보급되기 이전이었다. 파란 눈이라니. 친구가 말을 지어내고 있을 게 뻔했다. 만일 친구 말이 사실이라면 그건 도깨비이거나 괴물일 터였다. 내가 그렇게 황당무계한 이야기에 속아 넘어갈 바보는 아니지 않나.

"거짓말. 눈이 어떻게 파란색일 수가 있어?"

'파란 눈의 도깨비'가 내 눈앞에도 실제로 나타난 건 그로부터 얼마 지나지 않아서였다. 골목 한쪽에 쪼그리고 앉아 여자아이들끼리 땅바닥에 뭔가를 그리며 놀고 있을 때 갑자기 소란스러운 소리가 들려왔다. 저만치 떨어진 골목 어귀에서 뛰어놀던 남자아이들 쪽이었다. 남자아이들이 뭔가를 둘러싼 채 위협적인 태도를 취하며 시끌벅적해 있는 것이었다. 조금 겁이 나긴 했지만 무슨 일일까 호기심도 생겨서 가까이 가볼까 말까 망설이고 있는데 친구가 속닥거렸다.

"저기 왔다! 도깨비!"

함께 놀고 있던 여자애들이 모두 일어나 그쪽으로 달려가는 바람에 군중심리에 힘입어 나도 남자아이들 쪽으로 다가갔다. 남자아이들이 둘러싸고 있는 존재를 본 순간 나는 그 자리에서 얼어붙고 말았다. 머리카락이 쭈뼛 서는 것 같았다. 친구가 거짓 말을 한 게 아니었다.

나보다 두어 살쯤 어린 아이의 몸집. '도깨비'는 얼핏 그 또래 의 보통 아이들처럼 보이기도 했다. 당시 유행하던 바가지 머리 를 하고 있었고, 우리와 다를 바 없는 아시아계 생김새를 하고 있었으니까. 이상한 건 그 평범한 스타일의 머리카락에서 붉은 빛이 감돌고 있다는 거였다. 무엇보다 무서운 건 눈이었다. 쌍꺼 풀 없이 가느다란, 내 눈과 똑같이 생긴 그 눈이 정말로 새파랬 다. 파란색 크레파스처럼.

외국 사람을 실제로 본 적이 한 번도 없거니와, 원더우먼이나 슈퍼맨 같은 외화 속 서양인들 역시 흑백 모니터로만 본 게 전 부였으므로 나는 지구촌 사람들의 눈동자 색이 여러 가지 빛깔 을 띠고 있다는 사실을 몰랐다. 공포에 사로잡혀 빳빳하게 굳어 버린 나는 저 파란 눈동자의 도깨비가 뒷전에 서서 구경하고 있 는 나를 향해 달려들지도 모른다는 생각에 겁을 집어먹고 덜덜 떨었다.

'도깨비'는 어떻게든 골목 안으로 들어오고 싶어 서성대고 있 었고, 남자아이들은 전부 막대기 같은 걸 하나씩 손에 들고 도깨 비를 쿡쿡 찔러대거나 막대기 끝을 도깨비의 배에다 대고 힘껏 누르면서 골목 바깥으로 밀어내고 있었다. 나처럼 공포에 질려 있는 여자애들이 있는가 하면, 남자아이들에게 응원을 실어주느라 열띤 소리를 질러대는 여자애들도 있었다.

골목 아이들 전체가 도깨비 하나를 대적하느라 아우성을 치고 있는 그 풍경은 40년을 거슬러온 기억이므로 완전히 선명하지는 않다. 존재하는 것은 분명하나 군데군데 스크래치가 나고 지지직거리는 오래전 흑백 필름처럼 가물가물하다. 하지만 지금까지도 또렷하게, 바랜 구석 하나 없이 내 기억에 보존되고 있는 건 그 아몬드 모양의 눈 속에 박힌 새파란 눈동자와 그 언저리에 고여 있던 물기다. 골목 아이들의 결사적인 저항을 뚫고서라도 어떻게든 또래 집단에 들어와보려고 버티던 파란 눈동자는 결국 눈물을 쏟아내면서 골목에서 퇴장하고 말았다. 골목 아이들의 승리였다. 언제 도깨비가 나타났었냐는 양 골목에는 다시 평화가 찾아왔다.

어떤 기억은 한참 동안을 막 뒤에 숨어 죽은 듯 잠자고 있기도 한다. 성장하는 동안의 인간은 일어나고 있는 사건에 집중하며, 앞으로 일어날 사건에 대해 더듬이를 세우는 데 힘을 쏟는다. 과거를 돌아보는 것에 마음 한쪽을 내주기 시작하면 나이 들어가는 증거라고들 하지 않나. 파란 눈동자의 도깨비에 관한 일화도 한참 동안 막이 드리워진 채 기억 뒤편에 물러나 있었다.

유학 시절 초기, 프랑스의 소도시에서 어학연수를 할 때의 일이다. 볼일이 있어 그 소도시에서도 꽤 외곽으로 나가 버스를 타야 할 일이 있었다. 버스에 올라타자마자, 날 보고는 휘둥그레진 시선과 맞닥뜨려야 했다. 버스에는 승객이 드문드문 있었는데, 그중 한 좌석에 앉아 있던 꼬마 하나가 내게서 시선을 떼지 못하고 있었다. 서너 살쯤 되어 보이는 남자아이였다. 꼬마의 눈이 어찌나 놀란 빛을 담고 있는지 아무리 모르는 척을 하려 해도 얼굴이 따가웠다.

아이의 엄마가 내게 꽂혀 있는 자기 아이의 시선을 발견하고는 속닥거리며 주의를 주는 것 같았지만 아이의 호기심과 놀란 마음까지는 어쩌지 못했던 듯하다. 엄마 손에 의해 아이의 고개 방향은 바뀌었지만 눈만은 계속 내 쪽을 향하고 있었으니까. 그때 난 성인이었으므로 그걸로 마음이 다치지는 않았으나 어쨌든 그다지 유쾌한 경험은 아니었다. 내 생김새가 서양 사람들 속에서 그토록 별나 보인다는 것을 아이의 솔직한 눈길을 통해 절감했으니까.

유학 생활을 마치고 한국으로 귀국해 일을 하다가 다시 해외로 나오게 됐다. 외국에서 사는 게 운명인 건지 미국에서 유학중이던 남자를 만나 결혼했다. 보스턴에서의 유학 생활을 마치고 미국에서 취업하게 된 남편의 첫 직장은 중부 지역인 미시간의 작은 소도시였다. 미국의 중부 지역은 백인 인구가 주를 이루는 곳이 많다. 어디를 가든 금발이 다수인 곳에서 첫 아이를 낳아 기르게 되었다. 아이가 집에만 있어야 하는 신생아기를 벗어나자마자 아이를 데리고 이곳저곳 쏘다니기 시작했다. 어디를 가든 내 아이는 유일한 아시아계였다. 마음 한구석 조마조마한 마음이 싹텄다. 혹시 내 아이가 다르게 생겨서 겪게 되는 서러운 상황이 벌어지진 않을까. 자기 스스로를 지킬 능력이 없는 어린 아이를 돌본다는 건 안 그래도 매사에 눈을 뗄 수가 없는 일인데, 내 경우엔 촉을 세우고 지켜봐야 할 부분이 하나 더 가중된 셈이었다.

결론적으로 말하자면, 현재 청소년이 된 나의 두 아이들 모두 가끔씩 받는 상처를 피하지 못하고 자랐다. 아니, 자라고 있다. 물론 인간은 누구나 크고 작은 상처를 받기도 하고, 때로는 주기도 하면서 성장한다. 흠결 하나 없이 자랄 방법이란 없고, 또 그럴 수 있다 해도 그게 꼭 좋은 것도 아니다. 인간이란 상처를 통해 내성을 키우기도 하고 배우기도 하는 거니까. 그럼에도 불구하고 인종 문제와 관련해 아이들이 마음을 다치고 오면 부모로서 미안하다. 아시아인이 소수가 되어버리는 집단 속에서 내 아이들이 자라게 된 상황은 전적으로 부모에 의한 거니까. 물론 대부분의 사람들은 나쁘지 않다. 혹 선하지는 않더라도, 미국이라는 나라는 다민족이 어울려 살아가는 곳이기에 사회 구성원으로서의 기본 매너를 습득한 사람이 더 많다. 그래도 가끔씩 피할 수 없는 것들이 있다. 무지로 인한 공격에는 속수무책 당하게 된다. 교육받지 않아서, 경험해본 게 아니라서, 상처가 될 줄 모르고 내뱉는 어린아이들의 무자비함에 대해 우리는 잘 알고 있지 않은가.

작은아이가 다섯 살 무렵이었을 거다. 이웃집 아이와 함께 우리 집 차고 진입로에서 놀고 있는 아이를 잠시 놔두고 집 안으로 들어왔다. 음료를 가지러 갔거나 얼른 처리할 일이 있었거나 했겠지. 아이를 체크하느라 도중에 창을 통해 바깥을 내다봤는데 어째선지 아이가 건너편 집 앞에 가 있었다. 그런데 아이가 자기보다 대여섯 살은 더 먹었을 덩치 큰 남자아이에게 발길질을 하고 있는 게 아닌가! 화들짝 놀란 나머지 쏜살같이 밖으로 뛰쳐나가 아이를 불렀다. 무슨 짓이냐고 야단을 치려던 참인데 내 목소리를 듣고 집 쪽을 돌아본 아이가 얼굴을 실룩실룩 거리더니 내게로 걸어오면서 울음을 터뜨렸다. 걸어오는 아이의 뒤에는 발길질 당한 아이를 포함한 네다섯 명의 중학생 남자아이들이 모여 있었다. 내 아이에게 발길질을 당한 아이도 그렇지만, 농구 골대에 볼을 던져 넣으며 슬렁슬렁 놀고 있는 아이도, 잔디밭에 주저앉아 있는 나머지 두어 명의 아이들도, 방금 벌어진 해프닝이 우습기만 하다는 듯 킬킬거리고 있을 뿐이었다. 덩치가 어른 맞먹는 미국 청소년들이니 그깟 다섯 살배기가 차대는 발길질이야 아프지도 않고 같잖으니 개의치 않는 듯 보였다. 내 앞으로 온 아이에게 자초지종을 물었더니 아이가 꺽꺽 울면서 말했다.

"나한테 자꾸 중국말을 해보라고 하잖아! 중국말 모른다고 하는데도 계속!"

어떤 상황인지 한눈에 그림이 그려졌다. 물론 큰일이 아닐 수도 있다. 하지만 내가 보지 못한 상황에서 당하고 와 눈물짓던 큰아이의 경험들, 내 눈앞에서 벌어졌지만 어어 하다가 제대로 대응하지 못하고 와 후회했던 기억들이 겹쳐 떠오르면서 피가 거꾸로 솟는 것만 같았다. 온몸으로 열이 퍼지는 기분을 가라앉히려고 애를 쓰면서 아이들이 있는 곳으로 다가갔다. 고작 철없는 중학생들일 뿐이라는 사실을 머릿속으로 되뇌면서. 내가 다가가 서자 잔디 위에 늘어져 있던 아이들이 눈을 흘끔 치떴다. 사태 파악이 전혀 되지 않은 기색들이었다. 아이들 하나하나의 얼굴을 훑으며 말했다.

"니들 아까 쟤한테 중국말 좀 해보라고 했다면서?"

잔디 위에서 비스듬히 옆으로 누워 있던 아이 하나가 팔꿈치를 땅에 괸 상태로 눈을 들었다.

"제가 그랬는데요."

나를 올려다보는 두 눈에 영문을 모르겠다는 의문이 담겨 있었다.

"그래? 너 중국말 할 줄 아나 보구나."

아이가 뭔 황당한 말이냐는 듯 대답했다.

"아뇨?"

"그런데 왜 재한테는 중국말을 해보라고 했어?"

"아 그거야 왜냐하면……."

아이의 얼굴에 떠올랐던, 그거야 물을 것도 없지 않느냐는 표정이 말을 하다 말고 어느 한순간 사라졌다. 아이의 얼굴에 감돌고 있던 건들거림이 순식간에 긴장감으로 변했다. 얼굴을 굳힌 아이가 자세를 고치더니 황급히 말했다.

"죄송해요."

아이는 그제서야 상황 파악이 된 것이다. 학교에서 배운 매뉴얼, 미국이라는 나라에서 '절대로' 해서는 안 되는 위험한 짓을 했다는 사실을 깨달은 거다. 타인을 인종으로 지칭해서 말하면 안 되고, 함부로 '타종'으로 취급했다가는 된통 당한다는 사실. 그것을 '왜냐하면'의 뒤에 이어질 말이 입 밖으로 나가기 직전에 '다행히' 감지한 거였다.

'왜냐하면…… 재는 우리랑은 다르게 생긴 아시아인이니까요.'

미국에서는 이런 말을 학교에서 했다 하면 적어도 근신이고, 엄하게는 정학 처분까지도 받을 수 있다. 학생이니까 봐줘서 그 정도지 직장에서 이런 발언을 했다가는 해고감이다. 물론 들은 당사자가 문제를 삼느냐 안 삼느냐에 따라 사태의 판도가 달라지긴 한다. 당사자가 눈감고 넘어가면 그만이지만, 불쾌하게 여겨 사내 HR에 공식 보고를 하게 되면 즉각적으로 법률대리인이 사례를 맡아 사실관계 조사에 착수한다. 그리고 대개는 발언한 당사자가 해고되는 것으로 처리된다.

회사 측이 가해자를 감싼다고 여겨 피해 당사자가 소송을 걸게 되면 그야말로 골치 아파지기 때문에 싹을 잘라버리는 거다. 만에 하나 소송에 져서 막대한 피해 보상액을 지급하느니 직원 하나 잘라내는 쪽이 회사의 손익 계산을 따졌을 때 나은 방법이어서다. 설령 회사가 소송에서 이긴다 해도 이런 일로 조명을 받게 되면 회사 이미지가 실추하니 역시 좋을 게 없다. 그리고 이 모든 것은 소송이 빈번한 미국의 특성상 생겨난 시스템에 의해서지 미국에 거주하는 각 인종의 진짜 속내와는 아무 상관이 없다. 내가 다른 인종에 대해 어떤 견해를 갖고 있든 이 나라에 사는 이상 지키고 살아야 하는 외적 질서다. 그러므로 미국인들은 교육 기관에 소속되는 유년기가 시작되는 동시에 이 문제에 관해 교육과 훈련을 받으며 자란다. 민감한 만큼 들쑤셔지면 난리가 나고, 그렇기에 엄격하게 다룰 수밖에 없는 사안이다. 그런데도 실제로 어떤 상황에 놓였을 때, 말하자면 '다수'와 다른 생김새의 꼬마 하나가 골목에서 놀고 있는 걸 보고 그냥 '재미'로 한번 놀려보고 싶어지는 마음이 들 때, 아이들은 그 상황이 내가 학교에서 배운 매뉴얼이 적용되는 상황인지 분간하지 못하기도 한다. 왜냐하면 그야말로 철부지 아이들이니까. 상대가 그로 인해 얼마나 상처받는지 모르는.

겁먹은 중학생 아이의 얼굴을 바라보면서 나도 숨을 골랐다. 기분이 침착하지 않을 때 튀어나오는 엉터리 영어로 체통을 잃지 않으려면 시간이 필요했으니까. 아이들이 이런 일을 당할 때마다 속으로는 피눈물이 흐르지만 어차피 미국에서 살아가야 하는 이상 나도 단단해져야 했다. 그래도 한마디 말은 해줘야 하리라. 지금은 철이 없어 그랬지만 언젠가는 어엿하고 성숙한 청년들로 자라 있을지 모르는 아이들에게 알릴 건 알리고 싶었다.

"쟤도 너희들과 똑같이 미국에서 태어난 미국인이야. 그리고 이 나라에 사는 모든 사람들은 선대의 누군가가 이 땅으로 이민을 왔기 때문에 미국인이 된 거니 다 같은 입장이고. 피부와 머리카락 색으로 타인을 놀려선 안 된다는 거 학교에서 배웠을 텐데 다음부터는 그런 일 없도록 해라."

아이들은 꿀 먹은 벙어리들처럼 기가 죽어 아무 말도 않고 있었다. 그냥 그 자리를 뜰까 하다가 한마디 더 했다. 상대가 아무리 아이들이라도 내 분을 조금은 풀고 싶었다.

"그리고 아시아에는 중국이라는 나라 하나만 있는 게 아니야. 공부들도 좀 하지 그러니? 중학생 정도 되면 그쯤은 알아야 할 것 같은데."

어린 시절 골목길의 그 아이가 다시 생각난 건 그날 밤이었다. 아이들은 잠자리에 들고, 낮에 있었던 일로 열기가 오르락내리락했던 마음이 조금 가라앉고 난 뒤였던 것 같다. 또래 아이들과 놀고 싶어 골목길을 기웃거리던 푸른 눈동자에 고였던 눈물. 그 눈물이 그날 내 아이가 흘렸던 눈물과 중첩되어 머릿속을 떠나지 않았다. 아마 내 기억 속 푸른 눈동자와 일이 벌어진 그날의 내 아이가 비슷한 또래였기 때문이리라. 내 아이는 중국말을 해보라는 조롱 하나에도 그토록 모욕감을 느끼고 꼬맹이 주제에 중학생한테 발길질을 할 만큼 분노했는데, 그 아이는 동네 아이들이 떼로 에워싼 채 막대기로 찌르고, 밀어내고, 야유를 보냈으니…….

최근 몇 년 사이 외국인들이나 다문화 가정에서 성장한 사람들이 한국의 연예계에서 활약하는 모습을 자주 보게 된다. 다른 인종에 대해 점점 열려가는 한국인들의 태도를 반영하는 것 같아 그들의 활동을 반갑게 여기는 입장이다. 한국인 어머니와 나이지리아인 아버지 사이에서 태어난 한현민 군이 가족과 함께 나오는 프로그램을 보게 됐는데, 한현민 군의 어머니가 한 말 중 마음에 훅 들어오는 게 있었다.

"현민이가 어릴 때는 영원히 이태원을 떠나 살 수 없을 거라고 생각했어요."

모든 걸 설명해주는 한 문장이었다. 생각 없이 던지는 말들, 무심코 쳐다보는 시선 속에서 얼마나 마음을 많이 다치며 아이를 키웠을까 싶어 나도 울컥했다. 또래 청소년이 쓰는 '평범한 급식체'를 구사하며 유쾌하게 방송에 임하는 현민 군의 밝은 성격이 기적 같아 보일 정도였다. 얼마 전까지만 해도 공중파 방송에 나온 연예인들이 '흑형'이라든가 '흑언니'라는 표현을 겁도 없이 쓰던 동시대의 아이러니한 상황에서 말이다.

〈플랫라이너〉라는 영화가 있다. 2017년에 리메이크 작이 나왔으나 내가 본 건 줄리아 로버츠와 키퍼 서덜랜드가 함께 나왔던 오리지널 버전이다. 의대생들이 돌아가면서 죽음을 체험하는 소재로, 저마다 자기 차례가 돌아올 때면 조금씩 체험 시간을 늘려가게 된다. 그들이 왜 위험을 무릅쓰면서까지 시간을 늘리는지 밝혀내는 게 결국 영화의 주제인데, 그건 바로 각자의 의식 속 깊은 곳에 묻혀 있던 '후회'와 만나야 했기 때문이다. 의식의 우물 깊은 곳까지 잠수해 들어가 과거에 했던 일과 대면해 화해하는 일.

　오리지널 전작도 그렇고, 리메이크 버전도 그렇고 영화는 큰 반향을 얻지 못했다. 획기적인 소재일수록 결말이 교훈적으로 흐르면 맥이 빠지기 마련이라 그랬던 것 아닐까 싶다. 그럼에도 불구하고 나는 푸른 눈의 그 아이가 생각날 때마다 반사적으로 이 영화를 떠올린다. 내 속에서 재생되는 영화 속의 나도 마음의 깊은 우물을 향해 헤엄쳐 내려간다. 우물의 바닥에서 만나는 건 그 골목길이다. 아이들에게 둘러싸인 푸른 눈동자. 뒷전에 서 있던 내가 무리를 헤치고 들어가 푸른 눈동자에 손을 내민다. 함께 놀자고. 하지만 수백 번 수천 번 같은 엔딩을 반복해봐야 결국 슬퍼진다. 내 기억은 영화가 아니니까.

무의식의 습관

~~~~~~

　　미국 소도시의 초등학교가 주관하는 다문화 행사의 밤. 한국 여자 셋이 진땀을 빼가며 연습한 부채춤은 그럭저럭 먹혔다. 한복과 부채의 화려함이 허술한 춤사위를 커버해준 덕이었을 거다. 초등학교 행사가 이만하면 됐지 뭐. 박수와 환호가 빈약하지 않아 체면도 섰다. 내가 무대에 올라 춤을 추다니! 행사를 주관한 학부모 대표가 나와 가까이 지내는 엄마였는데, 그녀가 직접 연락을 해서 통사정을 하는 바람에 차마 거부할 수 없어 떠맡듯 벌인 일이었다. 하고 보니 잘했다 싶긴 했다. 미국 엄마들의 언변에 주눅 드는 게 싫어 학부모 회의 같은 행사는 죄 피하고 있던 터였다. 엄마 노릇을 잘 못하고 있는 것 같아 늘 찜찜했는데,

부채춤이라는 '엄청난' 용기의 결과물이 이민 1세 부모의 자격 지심을 잠시나마 덜어줬다고 할까.

부채춤을 끝낸 우리 팀이 무대 옆 통로를 따라 걸어 내려오는 동안, 옆에서는 다음 순서 공연을 위해 한 무리의 여자아이들이 무대로 걸어 올라가고 있었다. 아이들 무리의 맨 끝에 따라오는 인솔자가 우리 동네에 사는 한 아이의 엄마 J였다.

J와 눈인사를 나누고 있던 중, 돌발 상황이 발생했다. 오오, 노! 나의 부탁으로 행사에 참여하게 된 지인에 의해 벌어진 일이었다. 지인은 미국에 온 지 얼마 되지 않았고 자녀가 없었다. 그녀가 미국에 와서 상대하는 사람들이라곤 한인 교회에 나가서 만나는 한국 사람들이 전부였다. 그런 그녀가, 곁을 지나는 한 꼬마를 보더니 '어머 귀여워라' 하는 감탄사와 함께(아이가 무척 귀엽긴 했다) 아이의 엉덩이를 손바닥으로 톡톡톡 두드린 것이다. 무대로 가던 상황이라 걸음을 멈출 수는 없었던 아이가 가면서 뒤를 돌아봤고, 방금 벌어진 일이 어리둥절해 당황하는 표정이었다. 아이를 보던 내 시선이 반사적으로 인솔자인 J에게로 옮겨갔다. 아니나 다를까. J의 휘둥그레진 눈과 떡 벌어진 입. 이윽고 J는 내 지인을 노려보기 시작했다. 나는 지인을 그 자리에 부른 장본인이라서 진땀이 났지만 정작 내 지인은 자신이 뭘 한 건지도, 누군가 자길 노려보고 있는지도 모르는 채 한복 치맛자

락을 풀썩이며 갈 길을 가고 있었다. J의 눈과 내 눈이 다시 마주쳤다. 배운 것을 발휘해 내 몫을 해야 할 때였다. 양팔을 벌리며 손바닥은 상공을 향하게 하고 어깨를 들썩 들어 올렸다 내렸다. 비굴한 미소에 난처해하는 울상을 섞어 고개를 저었다. 10년 넘게 배워 습득한 미국식 제스처 신공에 눈빛 메시지를 곁들였다.

'방금 보신 그거, 유아 추행 이런 거 아니랍니다. 저분, 여기 정서 잘 몰라요. 그러니 제발.'

'우주의 기운'을 모두 끌어모아 던진 나의 텔레파시를 읽은 걸까. 떨떠름하나마 J의 표정이 겨우 풀어지긴 했다. 간신히 마음을 내려놓은 나는 남에게, 특히 아이들에게는 웬만하면 신체 접촉을 하면 안 된다고 지인에게 말해주어야 하나 말아야 하나 고민하다가 그만두기로 했다. 먼저 와 살았다는 이유로 '미국에서는'을 서두에 놓고 이러쿵저러쿵 조언하는 걸 대개가 달가워하지 않는다는 걸 잘 알기 때문이었다. 게다가 나를 도우러 행사에 와준 사람을 무안하게 만들고 싶지 않았다.

의식하지 못하고 살다가 나의 일부가 '미국화'되고 있는 걸 깨닫게 되는 순간이 있다. 가끔 행사처럼 가게 되는 한인 타운 내 마트나 식당에서도 그런 걸 느끼고(한인 타운에 살면 영어는 거의 하지 않아도 되고, 미국인들과 대화할 일도 거의 없어 미국에 살아도 다른 문화권에서 산다고 봐야 한다), 한국 예능프로그램을 보면서도 그렇다.

《한끼줍쇼》에 이효리가 출연했을 때다. 이경규가 길에서 만난 아이와 대화를 나누다 훌륭한 사람이 되라는 덕담을 건네자 이효리가 이경규에 반박하면서 아이를 향해 '아무나' 되도 된다며 머리를 쓰다듬어줬다. 분명 스타의 개방적인 사고방식을 보여주는 멋진 장면인데도 내 눈은 아이의 머리를 '만지고' 있는 이효리의 손에 집중하고 있는 걸 나중에야 깨달았다. 남의 신체에 손대는 걸 경계하는 미국인들 사이에서 살다 보니 그 장면이 생경하게 느껴진 거다. 또 강호동이 들어간 어떤 집에서 그 집의 어린 딸에게 뽀뽀를 해달라고 요구하는 걸 보고는 경악했다. 미국이라면 상상도 못 할 일이 방송에 나오는 게 신기했다. 예능 프로 패널이나 게스트들이 옆 사람을 때리면서 박장대소하는 장면이나 웃긴 장면을 연출하느라 상대를 잡고 흔드는 장면을 볼 때도 몸이 움찔한다. 미국에 사는 동안 가랑비에 옷 젖듯 하나씩 하나씩 익히고 주의하던 것들이 어느새 내 습관과 의식에 내재화되어 미국식 시선으로 한국인들의 행동을 느끼고 있는 거였다.

아이들이 어릴 때, 미국 엄마들과 만나 아이들을 놀리다 보면 내가 보기에는 유난하다 싶은 것들이 종종 있었다. 그중 하나가 'Hands on yourself!'라는 말로 주의를 주는 것인데, 한국말로 하자면 '손 제자리로!'쯤 되는 의미다. 미국 엄마들은 자기 아이가 다른 아이에게 손을 뻗는 동작을 발견하면 당장에 'Hands on yourself'라는 말로 제지하곤 했다. 때리거나 위협을 가하는 의도가 아닌, 호의로 하는 행동일 때조차 그러는 게 호들갑스러워 보였지만 나 역시 내 아이들에게 주의를 주면서 키울 수밖에 없었다. 로마에 가면 로마법을 따라야 하니까.

그런데 미국에서 사는 동안 목격하게 된 다양한 케이스의 사건 사례에 미국인들이 어떻게 대처하는지 경험하게 되면서 미국 엄마들의 유난함이 어디에서 기인하는지 이해하게 됐다. 의도가 뭐든 남의 신체를 건드렸다가 이상한 일에 휘말리는 경우가 많기 때문에 남을 만지는 습관은 원천봉쇄해야 하는 거였다. 한마디로 말해, 소송이 많아 타인을 잘 믿지 않는 미국인의 정서에서 오는 자식 보호 방법인 거다.

얼마 전 미국 내 한인 온라인 커뮤니티에 올라온 글 중 남편이 하루아침에 회사에서 해고를 당했다면서 조언을 구하는 내용이 있었다. 글쓴이의 남편이 업무와 관련해 동료 직원 하나와 언쟁을 벌였는데, 화를 내며 휙 돌아서 가버리려는 상대 직원을 급한 마음에 돌려세운다는 게 상대의 셔츠 허리춤 쪽을 잡아버린 것이다. 더욱 분노한 동료 직원이 사내 HR로 곧장 가서 보고했다. 성소수자인 자신을 모욕한 추행이라고 '여겨진다'며 공식

고발한 것이다. 해고는 좀 과한 처벌 아닌가 생각이 들어 어떤 댓글들이 달렸나 읽어봤다. 행위를 한 사람의 의도가 뭐든 간에 그 행위의 사실관계만 밝혀지면 대개 해고를 하는 게 일반적인 거라는 댓글이 많았다. 옷 한 번 잡았다고 남의 밥줄을 끊다니. 보고한 동료 직원이나 회사나 다들 너무하는 거 아닌가 싶었지만 이 나라에서 사는 룰이 그렇다니 알아두고 조심하는 수밖에.

예전에 중부 지역의 한 소도시에서 살 때의 일이다. 큰 대학교를 중심으로 형성된 타운이라 안식년을 보내기 위해 와서 체류하다가 떠나는 한국 교수들이 꽤 되었다. 아빠를 따라 미국에 온 지 얼마 안 된 한 아이가 한국에서 가끔 하던 버릇대로 미국 아이에게 '똥침'을 날린 사건이 벌어져 해당 학교가 발칵 뒤집어진 적이 있었다. 부모가 가서 손이 발이 되도록 빌고, 타 문화권에서 온 아이의 미숙함에서 온 실수였다는 게 참작이 되어 큰 벌은 면했다고 들었다. 학교 측에서는 얼마나 황당해했을 거며, 당한 아이의 부모가 얼마나 난리를 쳤을지 불 보듯 뻔해 들으면서 아찔했다. 사실 부모의 입김이 센 사립학교 같은 경우는 사정 볼 것 없이 퇴학감이다.

한국에서 친구가 아이를 데리고 미국에 놀러 와 우리 집을 방문한 적이 있었다. 와 있는 동안 우리 동네의 연례행사인 바비큐 파티가 있었는데, 동네 사람들과 인사를 나누고 대화를 하던 중

무심코 보니 친구의 아이가 무려 일곱 개쯤 되는 선글라스를 겹쳐 쓴 채 뛰어다니고 있었다. 개구쟁이인 녀석이 동네 아이들의 선글라스를 낚아채 도망 다니는 장난을 하고 있는 거였다. 그런데 당한 아이들의 표정이 가관이었다. 같은 장난을 하며 시시덕대면 또 모르겠는데 다들 몹시 어이없고 황당해하는 표정을 짓고 있었다. 여기서는 남의 몸에 부착되어 있는 걸 억지로 벗겨내는 장난을 하는 경우가 없기에, 당하는 아이들은 처음 겪는 기이한 상황인 셈이었다. 나는 얼굴이 화끈 달아올라 친구를 시켜 얼른 다 돌려주도록 타일렀지만, 친구의 아이는 뭐 이만한 장난에 엄마 친구가 저리 식겁을 하나 시답잖아 하는 태도였다. 아이를 설득해 동네 아이들에게 선글라스를 되돌려주느라 애를 먹고 나니 그 뒤로는 아이의 행적을 쫓는 데 정신이 팔려 파티고 뭐고 뒷전이었다.

매사에 이런 사소한 것들을 주의하고 체득해나가려고 애쓰며 살다 보니 나도 모르게 신경이 뾰족해질 때가 있다. 가끔씩 한국에 있는 가족이나 친구들과 통화를 하다 보면 묘하게 거슬리는 것들이 있고, 나 또한 알게 모르게 상대방이 납득하지 못하는 말을 해 싸한 분위기가 흐르기도 한다. 제 뿌리를 망각하고 '미쿡'스럽게 구는 교포 특유의 밥맛없음으로 보일까 봐 주의를 한다고는 해도 별수 없을 때가 있는 것이다.

2001년 1월부터 미국에 살기 시작했으니 그 세월이 벌써 얼마인가. 그만큼 나도 변했고, 한국에 있는 사람들도 내 기억이 멈춰 있는 2001년과는 달라진 게 당연지사다. 내가 미국인들 틈에서 흠 잡히지 않으려고 분투하며 사는 동안 내가 기억하는 한국과 현재의 한국 사이에 블랙홀이 생겨버린 것 같다. 그 블랙홀 안에 내가 잃어버린 유실물들이 빨려 들어가 있는 거겠지. 그럼에도 불구하고, 여전히 내 속에서 끈끈하게 엉겨 붙어 있다가 종종 튀어나오는 것들이 있다. 떠나온 곳에 있는 내 사람들과 나와의 격차를 발견할 때마다 서글퍼지는 마음을 무색하게 만들어버리는 무의식의 습관이랄까.

아는 집 아이의 악기 연주를 보고 난 뒤였다. 재능도 재능이지만 워낙 연습을 많이 한다는 걸 알기에 남의 자식이지만 대견했다. 리사이틀이 끝나고 마련된 작은 파티. 사람들에 둘러싸여 칭찬과 격려를 받고 있는 그 아이에게 다가갔다. 내 감동을 표현해 아이를 격려하고 싶었다. 아이와 나와의 거리가 좁혀진 순간, 금발이 덮인 아이의 등 쪽으로 나도 모르게 손이 나갔다. 한국식 등 두들겨주기 보디랭귀지가 난데없이 튀어나올 뻔한 거다. 다행히 이성의 통제가 작동해서 손이 아이에게 닿기 전에 손가락을 오므렸지만 뭔가 미진한 느낌이었다. 찬사를 보내며 등을 두들겨줘야만 내 기분이 완벽하게 전달되는 칭찬이 될 것 같은 기분 탓이었다.

이곳에서 살아내기 위해 나의 일부를 이른바 'Americanize' 하겠다고 애쓰며 지내온 세월. 집 밖을 나가는 순간 실수하지 않기 위해 정신 바짝 차리고 노력해도 가끔씩 몰라서, 또는 알아도 습관 때문에 하게 되는 실수들이 있다. 그로 인해 별것 아닌 일이 큰일이 되기도 하고 그러는 와중에 상처를 받는 경우도 더러 생긴다.

그럼에도 불구하고 결코 미국화시키고 싶지 않은 것들이 있다. 친척 어른들이나 엄마 친구들이 별것도 아닌 걸 칭찬해주며 토닥토닥 등을 두들겨주던 따스한 기억, 밥만 맛있게 먹어도 세상 착한 아이로 취급해주며 궁둥이를 두들겨주던 할머니의 손길. 사랑받고 있다는 만족감을 심어줬던 그 손맛들을 과연 지워야 하는 것일까. 그걸 지워야 얻을 수 있는 게 미국화라면, 미국화된다는 건 서글픈 일일 수밖에 없다.

담담하거나 세련되거나

오랜만에 미용실에 가서 머리를 다듬고 왔다. 팬데믹이 시작되고 난 후 버틸 때까지 버티다가 처음으로 간 건데, 길이나 스타일에 전체적으로 큰 변화는 없는 것 같으면서도 확실히 머리 손질하기가 훨씬 편해졌다.

미국에 산 기간 대부분을 한인 상권이 거의 없는 지역에서 보냈기에 상점, 관공서, 병원에 가는 것쯤이야 이제 거의 불편함을 느끼지 않는데 미용실만은 다르다. 그래서 어쩌다 아시아계 머리카락 손질에 능숙한 미용인을 알게 되면 그야말로 '심봤다'를 외친다. 다이앤이 바로 그 '심'에 해당하는 미용인이다. 나는 내 머리카락을 안심하고 맡길 수 있는 지역 내 유일한 사람인 다이앤이 오래오래 건강하게 살기를 진심으로 바라고 있다.

다이앤은 육십 대 초반쯤 된 여자인데, 원래부터 미국인은 아니고 어릴 때 퀘벡에서 이민을 온 경우라 뼛속까지 미국인인 사람들에 비해 대화하기가 한결 편하다. 미국에 대해 좀 더 객관적으로 말해도 괜찮을 만큼 다이앤이나 나나 이 나라에 대해 적당한 거리감을 갖고 있어서 공유되는 안전한 감정이랄까. 그럼에도 개인적으로 내가 어떤 나라 출신과 이야기를 하든 주의하는 점이 있는데, 한국을 화제 삼아 대화할 때 자칫 감정이 고조되지 않도록 담담한 태도를 견지하는 거다.

이건 그러니까, 살 만큼 살게 된 나라 출신으로서 자칫 촌스러운 국가주의 성향을 보일까 싶어 선진국 출신형 세련미를 장착하고자 하는 발버둥쯤으로 보면 되겠다. 이토록 조바심을 보이는 것 자체가 아직 '거기'에 도달하지 못했다는 방증일 수도 있다. 하지만 출신국이 개발도상국일수록 그 나라의 장점을 부각하느라 필사적이 되는 이들과 한 묶음이 되는 건 유쾌하지 않은 게 사실이다. 그래도 가끔 실수할 때가 있다. 방심할 만한 상황에 놓여서 수다가 길어지면 그러기가 쉬운데, 어제가 그랬다.

예전에는 사우나나 미용실에서 모르는 사람들과 수다를 떠는 중년 여자들을 보면 그들을 인격이라기보다 의자나 벽이나 화분처럼 배경으로만 여겼다. 나와 평행선상에 서 있는 존재로 보지 않았다. 그들은 그저 소리와 풍경이었다. 그런데 나도 이제 미용실의 소리와 풍경이 되었다. 어느 때부터인가 정신을 놓고 다이앤, 또는 옆자리에서 뿌리 염색을 받고 있는 모르는 여자들과 맹렬히 수다를 떠는 나 자신을 발견한다. 어제는 다이앤과 팬데믹을 주제로 이야기하다가 한국 상황은 어떤지 질문을 받게 되었다. 한국에서 방역 체계가 어떻게 돌아가는지 설명하던 중 정부와 통신사가 협력해 확진자 발생 장소에 머물렀던 사람들의 신원과 동선이 추적되고 테스트 및 격리 통보가 이루어진 케이스를 이야기했다.

그 말에, 다이앤도 옆자리 손님과 미용사도 짐짓 놀라며 경악하는 기색이었다. 프라이버시에 민감한 미국 정서로는 받아들이기 힘든 일일 것이다. 다이앤이 내게 한국인들은 그런 시스템을 어떻게 받아들이느냐고 물었다. 내가 대답하기를, 한국은 민주국가이고 정부에 대한 국민의 신뢰가 높은 편이라 이런 식의 방역체계 역시 공공안전을 위해 정부가 하는 노력의 일환으로 믿고 따르는 분위기라고 했다. 다들 아무 말이 없었다. 가만 보니, '저 말을 곧이곧대로 믿어도 되는 걸까?' 하는 것 같아서 한마디 더 붙일까도 싶었다. '아 물론 그렇게 되기까지 엄혹한 투쟁의 시대가 있었지' 운운하는.

그러려다가 만 건, 그런 소재가 소리와 배경인 우리 모두에게 어울리지 않게 너무 무겁기도 했거니와, 무엇보다 말하다 보니 내가, 평소에 견지하던 '출신국에 대해 담담하기'라는 세련미를 구사하려는 발버둥을 정지하고 있다는 사실을 자각했기 때문이었다. 선진국 출신 캐릭터 되기는 이렇듯 종종 암초에 걸리고 만다. 어쩔 수 없이.

배를 타고 온 라푼젤

~~~~~~~~~~~~~~~~~~~~~~~~~~

    M은 즉석에서 반죽한 와플을 구워내랴, 주스 기계로 연달아 오렌지즙을 짜내랴 정신이 없었다. 동시에, 시부모님을 상대하는 역할을 내게 떠넘기고 요리에만 집중할 수 있는 걸 즐기는 중이기도 했다. M은 베트남계 미국인으로 영어밖에 할 줄 몰랐고, M의 프랑스인 시부모님인 브느와 부부는 영어에 능숙하지 않았다. 브느와 부부가 미국에 사는 아들네 집을 방문할 때마다 M은 열과 성을 다해 시부모님을 대접하지만, 시집 식구 상대하기가 녹록지 않기는 지구촌 어디나 마찬가지인지 좀 힘들어했다. 횟수는 대략 1년에 두 번 정도 되는 것 같은데 한 번 오면 못해도 3주는 머물다 간다고 했다. 언어가 통하지 않아 이중고였

다. 결국 M이 남편에게 항의해 방문 횟수를 1년에 한 번으로 줄이고, 한 번 오면 보름 정도만 머무는 걸로 시부모님을 설득했다고 들었다. 브느와 부부는 마지못해 아들 내외의 제안을 받아들이긴 했는데 1년에 한 번이라는 횟수를 이런저런 핑계로 어겼다. 손자의 세례식에 참석해야 한다는 이유로, 유치원에 다니는 손녀와의 전화 통화 중 전해 들은 '할머니의 날'을 모른 척할 순 없다는 등의 이유로 걸핏하면 프랑스에서 미국으로 날아왔다.

그날도 대략 비슷한 사연으로 아들네 집에 와 있던 브느와 부부가 프랑스로 돌아갈 날을 앞둔 이틀 전이었다. 나는 프랑스에 살아본 경험이 있다는 이유로 브느와 부부가 미국에 올 때마다 M의 초대를 받아 그 집에서 식사를 함께하곤 했는데, 그날도 M은 내가 도착하자마자 구원받았다는 눈짓을 보내고는 주방으로 달아나 음식 준비에 집중하는 것으로 신경을 분산했다. 보아하니 고부간 갈등으로 빚어진 한판 신경전 후 중재자 겸 해서 나를 부른 거였다. 시어머니 기분은 풀어야겠는데 자기 혼자서는 역부족이라 내가 껴서 함께 식사하고 나면 그럭저럭 분위기가 매끄러워질 거라는 계산이었다. 솔직히 남의 시부모님까지 상대해야 하는 역할이 항상 달가울 순 없지만 친구인 M도 도와줄 겸, 불어 연습도 할 겸, 브느와 부부와 반갑게 인사하고 식탁에 앉았다. 사실 시부모와 며느리라는 틀만 벗어나면 브느와 부부도 대화하기에 불편하지는 않은 분들이었다. 나는 불어 회화 연습 기회가 생긴 거고, 그분들도 나를 보면 그들의 모국어로 대화할 상대를 만났다는 이유로 반색하니 나쁠 것 없었다. 브느와 씨는 유쾌하게 대화를 이끌 줄 아는 호인이고, 브느와 부인도 '며느리가 아닌' 내게는 더없이 상냥했다.

우리는 M이 차려주는 음식을 먹고 마시며 여러 가지 주제로 이야기를 나눴다. 브느와 부부가 사는 고장이 베르됭 전투의 격전지였던 터라 돌아볼 유적지가 많다는 이야기도 나왔고, 프랑스인과 미국인의 육아 방식 차이점을 설파하면서는 며느리 들으라는 듯 뼈 있는 소리가 흘러나오기도 했다. 디저트를 곁들여 차를 마시게 되자, 마들렌을 홍차에 적셔 먹다가 기억의 여행을 떠나게 되는 프루스트의 소설로 화제가 옮겨가는 바람에 내가 쓰고 있던 소설에 대해서도 왈가왈부하게 됐다.

문제의 대선 관련 화제는, 브느와 부부의 귀국 비행 시각을 언급하다가 자연스럽게 나왔다. 브느와 부인은 가지 말라고 붙잡는 사람이 있기라도 한 것처럼 이틀 후 꼭 귀국해야 한다고 힘주어 말했다. 대선 투표를 놓쳐선 안 되기 때문이었다. '저녁 식탁에서 정치를 논하지 말라'는 철칙을 지키고 사는 미국인들이었다면 나도 물어볼 생각을 안 했겠지만 정치적 신념을 내비치는 데에 거리낌이 없는 프랑스인들이었던지라 슬쩍 찔러봤다.

특별히 지지하는 후보가 있느냐고. 브느와 부인은 기다렸다는 듯 거침이 없었다.

"당연히 르펭이죠! 자국의 미래는 안중에도 없고, 점점 수가 늘어나는 무슬림 유권자들 비위 맞추는 데만 급급한 정치인들 때문에 나라가 엉망이 되어가고 있어요. 그래서 르펭이 정권을 잡아야 하는 거예요! 자칫하면 프랑스 여자들이 모조리 히잡 쓰고 다니게 생겼다니까! 프랑스는 프랑스다워야지, 안 그래요?"

요는 프랑스 사회의 하층 계급을 이루고 있는 무슬림과 이민자들을 압박할 정책을 펼 보수가 답이라는 거였다. 프랑스의 다음 정권이 어떤 정책을 펴든 나와는 별 상관이 없지만, 나는 '백인우월주의자'라는 꼬리표를 달고 있는 르펭을 곱게 보고 있지 않은 터였다. 눈치 빠른 브느와 씨가 부연 설명을 했다.

"오해가 생길까 봐 하는 말인데, 확실히 해둘 건 우리가 인종차별주의자는 아니라는 거예요. 프랑스인들이 인종차별주의자들이라면 지금 프랑스에서 이토록 여러 인종이 어울려 살 수는 없었겠죠. 다만, 프랑스는 프랑스다워야 한다는 거죠. 우리의 언어, 우리의 전통과 문화가 버젓이 있는데 그걸 지키고 싶은 게 당연하지 않겠어요? 무슬림들은 프랑스를 무슬림의 나라로 만들려고 하고 있어요. 좌파 정권이 점점 늘어나는 무슬림 유권자들을 의식해 그들을 위한 공약을 마구 남발해대니 프랑스의 뿌리가 흔들리는 거라고요. 이미 파리는 뭐……."

브느와 씨는 어이없어할 때 짓는 프랑스인 특유의 인중 당기기 표정과 함께 고개를 젓고는 나의 동조를 끌어내고자 했다. 르펜에 대한 호불호는 별개로 하고, 언어와 문화를 사수하고자 하는 프랑스인들의 마음은 충분히 이해가 갔다. 입장을 바꿔놓고 보면 나라도 그럴 것 같기는 했다. 그럼에도 불구하고, 이런 문제에 시선을 줄 때마다 별수 없이 짚고 가게 되는 생각이 있다. 미국의 흑인 노예 제도가 현세까지도 풀지 못하는 인종 간 갈등을 초래했듯이, 프랑스의 무슬림 문제는 그들의 식민사가 만들어낸 그늘이라는 사실. 입 밖에 내지 않은 내 생각을 읽은 것일까. 브느와 씨가 민첩하게 대응했다.

"물론 알아요. 그러게 왜 남의 나라를 식민했느냐고 따지는 의견도 있죠. 하지만 그때는 시대가 그랬어요. 지구촌의 흐름이 그랬다고요. 그리고 사실 우리 프랑스가 그런 나라에 좋은 일 한 것도 많거든요. 병원도 짓고, 학교도 짓고, 얼마나 많은 선진 인프라를 구축해줬는데요."

가급적 객관적으로, 순순하게 브느와 부부의 입장을 이해하려는 내 의식에 덜컥, 하고 제동이 걸리는 순간이었다. 우리에게 가깝고도 먼 나라 쪽 일부 인사들이 가끔씩 내뱉어 한국인들을 들쑤셔놓는 궤변과 매우 흡사한 발언이었으니까. 해박한 브느와 씨가 내 국적과 동아시아 역사에 대해 짐짓 잊었나 싶어서 돌려 말해보기로 했다.

"일본 사람들이 한국과 관련된 식민사에 대해 발언할 때 그런 식의 해석으로 접근한다고 듣기는 했어요. 그때마다 한국에서는 난리가 나곤 하죠."

브느와 씨는 정신이 드는 모양인지 얼굴색을 바꿨다. 내가 한국에서 왔다는 사실을 그제야 기억해낸 듯했다. 브느와 씨가 미국인이었다면, 혹은 미국화되어 있는 사람이었다면 이럴 때 다음과 같이 대처했을 거라고 본다. '아, 그렇겠군요. 입장이 서로 다르다 보니 아무래도' 하면서 대화의 꼬리를 자른다거나, 그저 머쓱하게 웃고는 화제를 돌리는 식으로. 하지만 브느와 씨는 프랑스인이므로 물러서지 않았다.

"알아요. 당신 입장에서는 불편하게 들릴 수도 있다는 거. 그러나 그 당시의 세계정세에서 흘렀던 물결을 보면……."

당시 유럽의 경제 위기와 국가 간 갈등이 어떤 식으로 식민사관에 동조하는 분위기를 이끌어냈는지에 관한 이야기가 흘러나오는 동안 나는 브느와 씨의 담론을 한동안 듣고만 있어야 했다. 수평적 태도로 반박하지 못한 데에는 여러 가지 이유가 있을 것이다. 토론과 논쟁을 훈련받으며 자라지 못했고, 내 부모와 같은 연배인 어른에게 대들기가 어려웠고, 지역사회에서 이런저런 인맥으로 얽힌 M과 나의 관계도 신경 쓰였고, 나보다는 그 시대와 가깝게 살았던 세대가 경험 지식을 토대로 하는 주장에 압도당하고 있었다. 그리고 무엇보다, 다른 나라를 식민화하는 것으로 이득을 취하고자 했던 자국의 과거 입장을 대변해 입씨름을 하려는 사람과 대면해보는 경험 자체가 처음이었다. 덧붙이자면, 채석 사업을 하고 있는 브느와 씨의 이전 직업은 변호사였고, 브느와 씨에겐 모국어이고 내게는 제삼의 언어인 불어로 논쟁하는 상황 자체가 애당초 불공평한 세팅 아닌가. 흡사 강연하듯 현란한 언변으로 무장된 브느와 씨의 주장을 입을 다문 채 듣고는 있었지만 불편한 심기가 노출되는 건 당연했다. 문득 조용해지는가 싶더니 브느와 씨가 흥분기를 가라앉히고 말했다.

"아, 내가 말을 너무 많이 했나?"

브느와 씨도 나도 희미하게 접대성 미소를 띠고 서로를 바라보고 있기는 했지만, 나는 이미 기분이 상할 대로 상해 있는 데다 굳이 그걸 감추고 싶지도 않았다. 성질대로라면 요샛말을 빌려와 'X소리를 참 정성스럽게도 하시네요'라고 쏘아붙여야 마땅하겠으나 밀리는 입담을 속된 말로 대리 무장해 덤벼들 만큼 무모하지는 않은지라 간신히 한마디 했다.

"아뇨 뭐, 흥미로운 발상이네요. 상대편 입장에서는 그런 식으로 접근하기도 하는군요."

피차 더 길게 말하고 싶지 않아진 상태에서 할 수 있는 일이란 신경을 돌리는 것밖에 없었다. 쓰다 남은 음식 재료를 냉장고에 넣고 있는 M에게 시선을 옮겼다. 창고형 마켓에서 쇼핑하기를 좋아하는 M. 활짝 열린 최고급 냉장고는 늘 그렇듯 꽉꽉 채워져 있었다. 그 많은 음식 재료 중 간장이나 베트남 피시소스 같은 양념은 하나도 없다. 이른바 '냄새가 강한' 음식 재료는 남편이 질색을 한다며, M은 주 공간과 분리된 지하에 냉장고를 하나 더 들여놓고 그 안에 그것들을 다 모아둔다는 말을 한 적이 있었다. 나와 눈이 마주친 M이 냉장고 안에서 알록달록한 과자가 담긴 용기를 꺼내 들어 보였다. 브느와 부부가 프랑스에서 가져온 것으로 그 과자를 제일 잘 만들기로 유명한 제과점의 로고가 찍혀 있었다.

"마카롱 먹을래?"

나는 고개를 저었다. 이미 케이크 한 조각을 먹은 데다 일어날 때가 되었다 싶기도 했다. 여느 때와 다름없이 브느와 부부와 작별 인사를 하고는 집을 나서는데 M이 현관 바깥까지 따라 나와 손가락 두 개를 펴 보였다. 이틀만 참으면 해방이라는 의미였다. 그러고는 물었다.

"옆 동네에 새로 생긴 딤섬 집 얘기 들었어? 맛있대. 시부모님 가시고 나면 같이 가서 점심 먹자. 다음 주 어때?"

불과 며칠 새에 같은 사람과 또 약속을 만든다는 게 내키지 않아 핑곗거리를 궁리하고 있는데 M이 조르는 표정을 지었다.

"나 딤섬 진짜 좋아하는데 그이는 아시아 음식 별로 안 좋아해서 가려고 안 할 거란 말이야. 같이 가자, 응?"

차를 세워둔 곳으로 걸어가는데 입맛이 썼다. M은 브느와 씨와 내가 한 대화를 들었을까? 못 들었겠지? 들었다면 프랑스의 식민지였던 나라 출신으로 저리 멀쩡한 얼굴을 하고 있을 순 없겠지? 등등의 생각이 꼬리에 꼬리를 물고 이어졌다. 그러다 보니 냉장고 하나 제 마음대로 못 쓰고 사는 M한테 공연히 화가 나기까지 했다. 딤섬을 먹으러 가는 게 내키지 않았던 건 아마 그 때문이었는지도 몰랐다.

차 안에 들어와 앉아 시동을 걸려는데 문득 힐러리와 트럼프가 서로를 공격하며 선거 운동에 열을 올리고 있던 시기에 M에게서 의외의 모습을 발견하고 놀랐던 기억이 떠올랐다. 남미 출신 불법 이민자들이 더는 넘어오지 못하게 멕시코와의 국경에 장벽을 세운다는 공약도, 시리아 난민을 미국에 들이는 것에 강경책을 쓰겠다는 공약도, 자국민을 보호한다는 측면에서 가치가 있는 정책이라며 트럼프를 지지한다는 말을 해서 듣고 있던 친구들을 놀라게 했던 M. 그때 그 자리에 있었던 친구들 모두가 아연실색해 M을 쳐다봤다. 현재 미국에서 안정된 삶을 누리고 있는 M의 가족들이 미국에 정착하게 된 경위를 적어도 그 자리에 있던 친구들은 다 알고 있었으니까. 친미 인사라는 이유로 목숨이 위태로웠던 M의 아버지는 베트남전이 터지자 가족을 이끌고 비밀리에 나라를 탈출한 보트피플 1호였다.

차를 몰고 M의 차고 앞 진입로를 따라 도로로 내려왔더니 M의 딸이 거실 창에 얼굴을 붙인 채 손을 흔들고 있었다. 지대가 높은 곳에 지어놓은 M의 집에서 도로까지는 거리가 꽤 되어서 경사진 잔디 마당이 한없이 드높고 넓어 보였다. 난민 신세가 되어 미국에 들어왔던 제 엄마의 어린 시절에 비하면 그야말로 공주처럼 자라는 예쁜 아이였다. 저택에 가까운 집, 최고급 사립학교, 미국과 프랑스를 밥 먹듯 오가며 시시때때로 프랑스인 할머니 할아버지의 선물 공세를 받고 자라는 아이. 영어와 불어는 자유자재로 하지만 베트남어는 몰라서 외할머니와는 소통이 잘되지 않는 아이. 아이에게 손을 흔들어주곤 뇌까렸다.

'그래. 남들이 하는 말이 맞아. 난 생각이 너무 많아.'

그리고 1년이 지났다. 그사이 브느와 부부가 미국에 또 한 번 왔고, 그때도 M이 자리를 만들고 싶어 했지만 핑계를 대고 피했다. 그래도 마크롱 대통령의 정치 행보는 주의 깊게 살펴봐놓아야겠다. 어쩔 수 없이 브느와 부부를 또 만나게 될지도 모르니까.

여름밤의 아이스크림

~~~~~~

해 지고 나서 데어리퀸 행차를 한 번도 안 하면 미국의 여름이 아니다. 아무리 힙하고 고급스러운 아이스크림 집이 많아도 미국의 대표 아이스크림 집은 역시 고전인 데어리퀸 아닐까.

남편은 시차가 있는 해외 지역의 협력업체와 화상 미팅이 있다고 해서 저녁에 애들만 데리고 아이스크림을 먹으러 나간 날이었다. 큰아이는 늘 그렇듯 슬러시를, 작은아이는 녹인 초콜릿에 풍덩 빠졌다 나온 바닐라 아이스크림을, 나는 토핑 몇 가지를 혼합해 기계로 휘저은 아이스크림을 각각 주문해 차 안에 가지고 들어와 먹었다. 평소 같으면 건물 옆에 비치된 야외 테이블에 둘러앉아서 먹었겠지만 팬데믹 시기라 스스로를 밀폐하는 방법을 택했다.

시즌이면 늘 그렇듯 아이스크림 가게 앞은 저녁 내내 줄이 끊기지 않는다. 저녁 식사를 마친 사람들이 마실 나가는 기분으로 디저트를 사 먹으러 오는 여름밤의 풍경. 아이스크림을 떠먹으며 사람 구경을 하고 있으니 차창 밖으로 보이는 이들이 영화 속 등장인물들처럼 보였다. 다분히 미국적인 사이즈의 아이스크림 컵을 손에 쥐고 있는 나조차 그렇게 여겨졌다. 차 안에 탄 채로 드라이브인 극장의 영화를 즐기는 사람들이 나오는 오래된 미국 영화처럼. 50, 60년대 미국의 시대상이 브랜드에 묻어 있는 아이스크림 회사의 이미지 때문인지도 모르겠다.

아이스크림은 혀가 얼얼해질 때까지 퍼먹어도 바닥을 보이지 않을 만큼 양이 많았다. 반쯤 남은 아이스크림이 들어 있는 컵을 홀더에 꽂고 시동을 건 뒤 뒷좌석의 아이들을 돌아봤다. 어릴 때 그랬던 것처럼 아이들의 입가에 아이스크림이 묻어 있어서 픽 하고 웃음이 났다. 조금 나아진 게 있다면 그때와는 달리 셔츠에까지 흘리지는 않았다는 것. 냅킨을 집어 뒤로 건넨 뒤 가속 페달에 발을 올려놓으며 아이들에게 말했다.

"엄만 데어리퀸만 오면 미국 사람이 된 것 같아."

큰아이가 물었다.

"왜?"

차도로 들어서 속도를 내자 백미러 안 사각의 여름밤 속에서 환한 아이스크림 가게가 멀어지고 있었다. 나는 백미러에 비친 아이스크림 가게 간판을 흘끔거리며 대답했다.

"완전 미국스럽잖아."

큰아이는 내 말을 알아들었는지 못 알아들었는지 별 대꾸를 하지 않았다. 몇 해 전만 해도 아이는 이런 식의 친절하지 않은 축약 문장에 일일이 설명을 요구했다. 그런데 언제부턴가 그러지 않는다. 말 뒤에 깔린 배경을 읽어낼 줄 알게 된 걸까? 그게 때로는 편하기도 하고 더러는 섭섭하기도 하다. 상황이나 기분에 따라서 내 감각이 무뎌지거나 예민해지거나 하는 탓이겠지.

신호등에 걸렸을 때쯤이었나. 조용히 있던 아이가 불쑥 입을 열었다.

"저기 엄마, 지난번에 엄마가 좋은 소설이라며 나한테 읽어보라고 준 켄 리우의 단편《종이 동물원》있잖아. 그거 다 읽었는데……."

차 안의 공기가 엿가락처럼 늘어졌다. 아이가 어떤 말을 할지 알 것 같아서.《종이 동물원》은 미국인과 결혼한 중국인 어머니와, 머리가 굵어지면서 엄마와 쓰던 중국어는 물론 엄마로부터 비롯된 중국 색을 일제히 거부하고 철저히 미국 아이가 되고자 했던 아들의 이야기다. 훗날 엄마가 죽은 뒤, 아들은 엄마가 중국어로 남겨둔 편지를 발견하지만 읽을 수가 없어 낯선 이에게 번역을 부탁해 듣게 되는데, 어떤 독자라도 그 대목의 묘사를 읽을 때 마음이 무너지게 마련이다.

뒷좌석에서 아들의 목소리가 이어 들려왔다.

"그거 읽고 나니까 엄마를 이해하게 됐어. 어떤 마음으로 살고 있는지."

밤이 내려앉은 공원이 차창 밖에서 스쳐 갔다. 내 아이들이 그네를 탔던 놀이터, 내 아이들이 축구 캠프를 했던 들판, 미국 엄마들 사이에서 쭈뼛거리는 게 싫어서 관심 없는 척 무리에 끼어들지 않고 돌고 돌았던 트랙이 있는 공원이.

아들은 영어 억양을 내지 않으려 노력하며 다시 말을 이었다.

"엄마아아, 엄마가 가끔 미국 사람처럼 굴지 않을 때, 영어 하다 실수할 때, 지적하고 불퉁거린 거 미안해요."

나는 입술을 꽉 깨물었다. 이럴 때 우는 거 너무 클리셰잖아. 참아. 삼키라고. 간신히 평정을 찾은 나는 오른손을 뒤로 뻗었고, 아이가 내 손을 잡았다. 손을 핸들로 되돌리고 나서 조금 있다가 내가 말했다.

"문학의 힘이란 그런 거야. 인간을 이해하는 거."

뒷좌석의 아이들은 둘 다 조용했다. 참는다고 참았지만 내 목소리는 떨렸고, 아이들은 그걸 알아챘고, 아이들이 알아챈 걸 나도 알아챘다. 얼마 있다 큰아이가 작은아이에게 말했다.

"너도 꼭 읽어."

주택단지로 들어서는 길목, 가로등이 환했다. 핸들을 꺾으며 생각했다. 어디서든 유일한 한국계였던 아이들을 키우며 조마조마했던 순간, 학부모들 중 누구와도 혀에 박힌 언어로 대화할 수 없었던 시간을 보상받은 밤이라고.

집으로 돌아오니 컵 안의 아이스크림은 죄 녹아 있었다. 아이스크림을 개수대에 쏟고는 물을 틀었다. 걸쭉한 크림과 뭉개진 토핑들이 수채 거름망 주변을 빙글빙글 돌다 사라져버렸다. 깨끗하게.

시월을 미워하는 자 있을까. 냉방도 난방도 불필요한 완벽한 온도. 자연이 마지막으로 색채를 발산하는 황홀한 기간. 그러나 너무 빨리 가버려 야속한 계절이기도 하다. 이맘때의 미국은 눈 닿는 곳마다 주황빛으로 영근 호박, 단풍, 짚더미, 핼러윈 장식 일색이라 기온이 평년 같지 않더라도 계절을 감각하지 않고는 못 배긴다.

철마다 달마다 배치된 각종 기념일을 순차적으로 시스템화해 떠들썩하게 즐기는 게 미국인의 관습이긴 하지만 가을이 깊어졌을 때 만나는 핼러윈만큼은 그 존재감이 유독 두드러진다. 핼러윈이라는 주술적 기념일을 '빅딜'로 부풀려 와자지껄 즐기면서, 춥고 긴 겨울을 목전에 두고 스산해지는 심경을 짐짓 모르는 척해버리고자 하는 인간의 자기 치유 심리가 엿보여서 그런 것 같다.

처음 미국에 와 1년 정도 살아보고 난 뒤 내 뇌리에 와 박힌 건 미국이라는 나라의 제도화된 조직성과 통일성이었다. 얼핏 편하기도 한데 시간이 지날수록 답답하고 지루하고 막막해졌다. 다시 말해 미국이라는 나라에서는 어느 지역에 살다가 어느 지역으로 이사를 가든 새로운 거주지에서의 일상을 쉽게 회복할 수 있는데, 그런 점이 편리하다면 편리하고 답답하다면 답답한 것이다.

전라도 여수에 살다가 강원도 원주로 이사를 했는데 양쪽 어디에서든 이마트에서 장을 보고, 스타벅스에서 커피를 마시고, 반디앤루니스에서 책을 사고, 김밥천국에서 점심을 먹는 것 외에 딱히 선택지가 없을 때 느낄 수밖에 없는 지루함이라고 하면 알맞은 비유일까. 한데 언젠가부터 이 일관성이 미국인들에게도 못 견디게 지루한 것 아닐까 하는 의구심이 생겨났다.

미국인들은 연중 절기마다 이런저런 기념일을 줄 세워놓고 기념하고 자축하는 데 상당히 적극적이다. 새해 첫날이 있는 1월을 시작으로, 2월의 밸런타인데이, 3월의 성패트릭데이, 4월의 부활절, 5월의 현충일, 7월의 독립기념일, 9월의 노동절, 10월의 핼러윈, 11월의 추수감사절, 12월의 크리스마스까지.

친지를 불러 파티를 하든 야외에 나가 바비큐를 하든 어떤 식으로든 기념일을 챙겨 지내고, 이 시기에 맞춰 모든 상점이 기획 상품을 들여놓고 진열과 매장 장식에 변화를 줘 판촉에 박차를 가한다. 미국 어디서나 매해 똑같이 돌아가는 풍경이고, 많은 사람이 이 기념일 순서에 따라 집 안팎의 장식을 바꾼다.

이토록 조직적이고 규칙적으로 끊임없이 주변 환경을 바꾸고 기념하는 미국인들의 관습이란, 앞서 말한 단조롭고 특색 없는 환경에서 어떻게든 활기 있게 살아보려는 인간의 의지에서 생성된 안간힘 아닐까 싶다. 그리고 그것은 아이러니하게도 타 문화권에 의해 물질적 풍요로 비치기도 하고, 더러는 희화화되기도 하는 미국인들의 소비 동력이자 미국적 삶의 본질이기도 하다.

그러나 한껏 과장된 풍요 속에서도 시시때때로 가슴 언저리를 쓸며 지나가는 공허에 둔감할 수는 없지 않을까. 깊이 드는 생각쯤 무시하고 즐거운 것만 보려고 노력하지만 자기 최면이라는 효과가 늘 일관적이기만 한 것은 아니다. 역시 인생이란 살 만한 거야, 라는 주문도 먹힐 때가 있고 먹히지 않을 때가 있으니 말이다.

하지만 남들 떠들썩할 때 산통을 깰 용자 그 누구던가. 가끔은 그런 생각을 한다. 인간이라는 존재가 남과 진정으로 감정을 나눈다는 게 가능할까. 비관을 수혈받고 싶어 하는 이는 없다. 타인에게 속마음을 털어놓고 위로받고 싶어 하지만 서로 받아주는 듯싶다가도 힘겨울 땐 감정의 쓰레기통이 되었다고 투덜거리기 일쑤다.

그럼에도 불구하고 위로가 되는 것은 공감밖에 없기에 인간은 마음을 응시해주는 대상을 만날 때 이해받고 있다고 느끼며 잠시나마 덜 외로워진다. 예술의 존재감이 발화하는 지점이 여기에 있다.

인간의 공허, 권태, 허무의 윤곽을 뭉개지 않고 전면에 내세웠다는 점에서 에드워드 호퍼, 레이먼드 카버, 쳇 베이커가 가을의 색채와 어우러진다. 모두 같은 선상에 서 있는 예술가들로, 화려하며 부질없는 것들로 껍데기를 장식하고 그 안에 웅크리고 있는 미국의 공허를 그림으로, 문장으로, 트럼펫으로 끄집어내 세상의 진열대에 올려놓은 예술가들이다.

출생과 작고의 시기가 조금씩 다른 사람들이지만 나는 이 세 사람 모두가 미국의 본질을 대면한다는 점에서 같은 길을 걸었다고 여긴다. 유행에 뒤떨어진 사실화를 고집하면서 외로운 고행을 한 에드워드 호퍼, 평생 생활고에 허덕이며 노동자 계급의 삶을 단편소설로 풀어낸 레이먼드 카버, 서글프도록 아름다운 감수성과 재능을 마약으로 소진해버린 쳇 베이커. 이들의 작품을 보고, 읽고, 들을 때만큼 미국의 속살을 만지는 감각이 살아날 때가 또 있을까.

한편으로, 이들의 작품을 통해 감각하는 대상은 어쩌면 미국이라기보다 삶 자체인 걸지도 모르겠다. 생의 고독과 허무를 떨쳐버리기 위해 끝없이 분투해야 하는 삶이 어디 지구촌 한 곳에서뿐이던가. 브런치를 먹고, 쇼핑을 하고, 등산을 하고, 골프를 치며 타인과 어울려도 내면의 고독은 불쑥불쑥 고개를 내밀게 마련이니. 사르트르의 말처럼 '타인이 지옥'까지는 아니더라도 이따금씩 우리는 중얼거리지 않나. 아무 소용이 없다고.

천박한 포장과 거짓 위안을 극도로 경계한 예술가들을 통해 우리는 생의 '진짜 얼굴'들이 곁을 걷고 있다고 느끼며 위안을 받는다. 왜냐하면 결국 우리는, 백석이 시를 통해 전한 것처럼, 자신만의 흰 바람벽 위로 끊임없이 지나가는 상념을 응시하면서, '가난하고 외롭고 높고 쓸쓸하니 살아가도록 태어'난 존재들일지니.

어릴 때 읽은 동화 가운데, 바닷가에서 넋을 잃을 만큼 아름
다운 인어를 발견하고 사랑에 빠지는 남자의 이야기가 있었다.
남자는 인어를 설득해 뭍으로 올라오게 하고, 그녀를 아내로 맞
아 아이 둘을 낳고 단란한 가정을 꾸리고 살았다. 모든 게 완벽
하게 흘러가던 어느 날, 남자가 아내와 아이들을 데리고 산책을
나갔을 때였다. 아내가 한 상점 앞에 멈추어 섰다. 해변에서 쓰
는 물건을 파는 가게였는데, 아내가 간판에 그려진 에메랄드빛
바다를 홀린 듯 바라보며 한동안을 꼼짝도 않고 있는 것이었다.
아내는 그 후로 며칠 동안 혼이 빠진 것처럼 멍하니 생각에 잠
겨 있곤 했다. 그리고 어느 날 홀연히 사라져버렸다.

나무꾼과 선녀, 안데르센의 인어 공주를 버무려놓은 듯한 이 단편을 읽은 시기는 초등학교 2학년이나 3학년 때쯤인 것 같다. 방문 판매원에게서 사들인 50권 세트 세계 명작 시리즈를 하나씩 작파하던 시기가 그즈음이었으니까. 도무지 어린이를 위한 소설이라고 여겨지지 않는 이 이야기의 분위기가 꼬마였던 나를 왜 그리 매료했는지는 알 수 없다. 어쩌면 나는 이런 종류의 이야기를 선천적으로 좋아하는 것 같다. 확실히 판명 나지 않고, 곧바로 결론지을 수 없으며, 여운 밖으로 걸어나가지 않고 곱씹게 되는 이야기들.

운동을 저녁 시간대로 바꾸어 다니기 시작했다. 낮에 하는 운동은 일상의 중간을 뭉텅 잘라내 점유하는 식이 되어버려서 저녁을 먹고 치운 뒤로 스케줄을 달리해보고 있는데 잘했다 싶다. 기껏 태워 없앤 칼로리를 무용하게 만들고 싶지 않아서 밤 시간 주전부리를 삼가게 되고, 기운이 빠져 잠도 잘 오니 일석이조 아닌가. 해가 길어진 요즈음, 7시와 8시 사이의 한 시점에 집을 나서면 차창 바깥의 풍경 위로 석양이 드러눕기 시작하고, 운동을 마치고 밖으로 나오면 밤이 깔려 있다.

어제는 날씨가 좋았다. 피트니스 센터를 나와, 부드러운 공기를 감각하며 가속 페달을 밟아, 시즌이 무르익기를 기다리는 배들이 군집을 이뤄 정박해 있는 선착장을 스치고, 마을 기차역을 지나 다운타운으로 들어섰다. 여느 때처럼. 바다로 이어지는 강 하구에 드리워진 다리를 건너 조금만 더 오면 집에 도착하는 건데, 불현듯 차를 몰고 어딘가로 떠나버리고 싶었다. 누구나 그런 충동을 느낄 때가 있을 거라고 생각하는데 어제가 그런 날이었다. 사라져버리고 싶은 날.

사실 모든 게 완벽했다. 봄밤의 공기는 달콤했고, 본격 시즌이 오면 관광객으로 북새통을 이룰 다운타운도 아직까지는 적당히 붐벼 기분 좋아질 만큼만의 활기를 띠고 있었고, 당일 작업한 번역 일도 잘 풀렸고, 식구들은 저녁 메뉴에 열광했고, 운동도 거르지 않았다. 흠잡을 데 없는 하루의 마감에 만족해야 마땅했다.

그럼에도 불구하고 나는 그 완벽한 평화의 핵에서 스스로 만들어낸 균열로 터져버리려 하고 있었다. 우울도 아니고 낙담도 아닌 이 기저심리의 한층 더 아래쪽에는 뭐가 있는 걸까. 어찌해서 수챗구멍으로 흘러나가지 않고 불쑥불쑥 수면 위로 올라와 흔들리는 걸까.

눈 닿는 곳곳이 아름답지만 십 년 넘게 살고도 내게는 이국적이기만 한 뉴잉글랜드 지역의 해변 마을. 가끔씩, 아니 실은 매우 자주, 나는 내가 업다이크의 소설 속에 들어와 있는 것 같은 기분이 든다. 내가 이십 대였던 90년대에 열심히 읽다가 이제는 시들해진 하루키. 그가 성장기의 한 시절에는 업다이크에 흠뻑 젖어 있었다는데, 무국적자의 정서로 소설을 쓰게 된 배경에는 청소년기의 그를 휘두른 미국 문학도 한 귀퉁이 웅크리고 있을 것이다.

덜컹, 하는 소리와 함께 다리로 올라서는 순간 아이스크림 가게가 보인다. 여름이면 한 시간마다 이 다리를 들어 올려 바다에서 들어온 배들이 강으로 진입할 수 있게 물길을 열어주는데, 그 광경을 구경하기 딱 좋은 위치에 있는 가게라서 시즌에는 수많은 사람이 아이스크림을 핥으며 서성이는 지점.

밤이 깊어지고 있는 시간이고, 문 닫을 준비를 하는 아이스크림 가게 안에서 진노랑 불빛이 새어 나온다. 마지막 남은 손님일 아가씨 셋. 긴 머리카락이 드리워진 어깨를 맞대고 이야기를 나누는 모습이 눈에 들어오는가 싶더니 금세 차창을 스쳐 사라진다. 아름다운 나이이면서 아름다운 줄 모를 것이며 아마도 자주 아플 나이. 하지만 얘들아, 어른이 된다고 아프지 않은 건 아니란다.

하나도 즐겁지 않은 말을 속으로 되뇌며 다운타운을 지나 오르막길로 들어서니 언덕 위 교회 탑이 희붐한 불빛을 머금은 채 다운타운을 굽어보고 있다. 입이 큰 여배우의 초기 출연작인 영화 촬영 장소라서 지나칠 때마다 비현실적으로 느껴지는 피자

가게를 지나고, 오르막이 지는 길을 넘어서 주택가로 들어섰다. 봄꽃이 흐드러진 어떤 집 마당을 곁눈질하다가 문득 떠올렸다.

맞다, 사과꽃! 이맘때쯤이면 지나갈 때마다 눈여겨보게 되는 집 근처 과수원의 사과나무들이 내일쯤이면 활짝 꽃을 피우고 있지 않을까. 매해 잊지 않고 나를 황홀하게 만들어주는 존재들. 갑자기 기분이 환해지면서 변덕쟁이의 특기가 발동한다. 에메랄드빛 바다를 완벽히 지우진 못해도, 사소한 것들에 급변하는 감정 기복자의 장점이랄 게 있다면 이런 것 아니겠는가. 넘실거리는 에메랄드 바다를 금세도 밀어내버린 나는 집으로 향하는 가속 페달에 무게를 더했다. 만개한 사과꽃으로 꽉 찬 머리를 음악에 맞춰 까딱거리며.

선택하고, 살아내고, 후회하고

~~~~~~~~~~~~~~~~~~~~~~~~~~

누구나 알고 있는 사실이지만 유명해지면 얻게 되는 것도 많은 반면 추락하기도 쉽다. 승승장구 잘나가다가도 자칫 대중의 눈 밖에 나면 즉시 '국민 밉상'으로 찍히는 동시에 인지도에 비례하는 질타의 소나기를 맞는다. 얼마 전에도 어떤 유명인이 방송에 출연한 뒤 호된 비난을 받고 반성을 담은 입장을 표명했다. 사회적으로 물의를 일으킨 유명 인사들이 대중에게 용서를 구하는 일이 드물진 않으나, 이 경우는 좀 특별한 케이스였다. 그가 딱히 나쁜 짓을 해서가 아니라, 재물을 욕망했다는 점, 욕망을 달성하는 데 있어 자신이 서 있는 사회적 좌표를 의식하지 않았다는 점, 따라서 욕망대로 충실하게 재물을 쌓아 부를 이뤄

냈다는 점 때문이었다.

　세속의 흐름대로 살아가는 보통 사람이 그랬다면 질투는 받을지언정 욕받이가 될 일은 아니지만 문제는 그가 수도자의 모습을 하고 있는 종교인이라는 점이었다. 더구나 그는 욕망에 이끌리는 집착을 버리고 마음의 평화를 찾자는 개념을 설파해 이름을 떨친 이였다. 때문에 그가 거머쥔 부가 TV 화면을 통해 실물로 공개되었을 때 느꼈을 대중의 배신감은 자연스러운 수순이었다. 나는 그가 그 파장을 예측하지 못하고 방송에 출연해 서울의 부촌에 있는 자신의 집을 공개한 게 신기했지만 한편으로는 돈을 너무 쉽게 벌어보니 세상에 절망적인 사람들이 얼마나 많은지 모를 수도 있겠구나 하는 생각이 들었다.

　이 복잡한 세상에서 그토록 납작하고 명료한 방식으로 사람들의 마음을 어루만지고 다스리는 '사업'을 해서 돈방석에 앉게 되는 이들을 볼 때마다 인간사는 역시 희극인 건가 싶다. 희극의 절정은, 그럼에도 불구하고 인간들은 여전히 종교인의 등에 날개를 달아주고 그 날개 아래에서 보호받고자 한다는 것이다. 종교인들의 위선이나 감추어졌던 악행이 드러나 세상이 시끄러워지는 일이 주기적으로 일어나는데도 그렇다. 그만큼 인간은 지지대가 필요한 처연한 존재들이지 뭔가. 이렇게 분석적인 척 글을 쓰는 나도 거기서 자유롭지 못한 나약하기 짝이 없는 인간일

뿐이고.

절대자를 믿고 있을 때의 안정감을 안다. 이제는 무신론자이지만 나도 종교를 가졌을 때가 있었으니까. 젊은 날의 나로 하여금 신의 존재를 더듬는 문답 사이에서 서성이도록 만든 계기가 여럿 있긴 하다. 내면에서 진동하던 자잘한 파문을 집채만 한 파도로 일으킨 강풍은 아이러니하게도 바티칸이었다.

바티칸은 규모, 정성, 미학의 완성도를 망라한 면면에서 그때까지 내가 본 건축물 가운데 단연 절정이었다. 인간의 능력을 초월했다고 여겨질 만큼 황홀한 돔 아래 서서 생각했다. 대체 인간은 얼마나 연약하기에 실체도 보지 못한 대상을 위해 이토록 엄청난 시간과 물질과 재능을 바칠 수 있는 걸까. 인류의 도래 이후 신의 이름 아래 뿌려진 피가 얼만데 그 역사를 이토록 화려한 성전으로 형상화해도 되는 걸까. 그 자리에서 나는 인간의 유약함에서 발원된 힘의 결집이 이루어낸 위용에 공포를 느꼈다.

짐작건대, 모든 이들이 나 같지는 않았을 것 같다. 거룩한 마음들이 쌓아올린 건축 미학의 결정체에 선량하고 반듯한 감동을 표하지 않았을까 싶다. 다만 나의 경우 바티칸과의 만남은, 조금씩 흘러들어와 고이고 있던 의구심의 샘에 거대한 추가 떨어진 격이었다. 물은 넘쳐흘렀고, 그 추는 오랫동안 샘물 바닥에 가라앉아 있었다.

그러면서도 나는 수도자들을 향해서만은 밑도 끝도 없는 호감을 갖고 있었는데, 잘 모르는 세계를 향한 호기심과, 금욕을 선택한 삶에 대한 경외가 섞인 감정이었던 것 같다. 나도 과거 기독교인이긴 했으나 천주교도는 아니어서 신부나 수녀와 직접 대면할 기회는 없었다. 그러다 한 신부님과의 인연이 생겼던 적이 있었다. 학생 시절 파리 외곽 지역에 몇 달간 머물며 룸메이트와 아파트를 나눠 쓰던 때였다.

룸메이트를 통해 그녀가 알고 지내는 한 신부님에 대해 이야기만 몇 번 듣던 중 신부님의 초대를 함께 받아 그의 집에서 저녁을 먹은 적이 있었다. 그는 이미 신부 생활을 은퇴한 장년으로 파리 시내의 자그마한 아파트에 살고 있었다. 실내는 성직자의 거처답게 소박하고 보기 좋았으나 혼자 사는 남자의 살림이라 집기들은 조금 꼬질꼬질했다. 셋이서 저녁을 먹고 이야기를 나누다가 밖으로 나와 퐁피두센터 근처를 산책하면서 보니, 신부님은 유쾌하고 담백한 화술을 가진 괜찮은 사람 같았다.

어느 날 룸메이트가 신부님을 만나러 가서는 분개하며 돌아왔다. 룸메이트는 불어 개인 교습을 받느라 정기적으로 신부님을 만나고 있었는데, 그날 수업을 마치고 아파트를 나오기 전 신부님이 전에 없이 포옹으로 작별 인사를 하면서 몸을 더듬었다는 거였다. 룸메이트는 소름이 끼친다고 펄펄 뛰며 다시는 신부님을 만나지 않겠다고 선언했다. 놀라웠던 건 이후 신부님이 보인 태도였다.

신부님은 몇 번이나 전화를 걸어 룸메이트에게 사과했고, 룸메이트는 냉랭한 태도로 전화를 받으며 다시는 연락하지 말라고 쏘아붙이고는 내게도 신부님에게 전화가 오면 바꿔주지 말라고 당부했다. 그 후 신부님이 전화를 더 했는지 그만두었는지는 기억나지 않는다. 다만 그때 내가 느꼈던 감정만큼은 잊지 않았다. 연민이었다. 룸메이트도 나도 이십 대였으니 할아버지뻘 되는 남자가 욕정을 보였다는 게 징그러울 수밖에 없었는데 그럼에도 그가 가여웠다. 대관절 종교란 무엇이기에 한 인간으로 하여금 평생 욕망을 억누르는 삶을 선택하게 하고 결국에는 저토록 남루하게 만들어버리는 걸까 싶어서 씁쓸했다. 수도자의 너덜너덜해진 황혼을 엿본 기분은 서글픔으로 남았다.

종교를 소재로 한 영화는 웬만하면 택하지 않는데, 신뢰할 만한 출처에 좋은 평이 적혀 있기에 보게 된 영화가 있다. 넷플릭스에 올라온 〈두 교황The Two Popes〉이라는 영화였다. 영화를 보는 동안 호평에 공감하면서도 흥미로운 지점이 있었다. 이탈리아의 휴양지와 바티칸 시티를 오가는 배경을 통해 아름다운 미장센을 구현했으면서도 바티칸의 화려함은 화면에 거의 잡지 않았다는 점이었다. 두 교황의 인간적인 모습을 조명해 친근감을 자아내고 종교가 나아갈 비전을 보여주려는 영화의 장치는 성공적이었고, 신을 믿지 않는 내게도 뭉클한 감동을 안겨줬다. 시스티나 성당 전경을 앵글에 담지 않은 것이 나 같은 관객을 설득하기 위해서였다면 의도는 과녁을 맞힌 셈이다.

신을 믿지 않는 나도 종교의 존재 가치에 관한 질문을 멀리 두고 살 수는 없다. 원하든 원하지 않든 신을 믿는 사람들과 그 세계를 세상의 한 축으로 인정하고 살 수밖에 없으니까. 이 질문 의 답은 세상에 절대자가 있다고 믿고 싶어 하는 인간의 나약함 이라고 여겨왔는데, 영화를 보고 나서는 다른 메아리가 울렸다. 결국 신이란, 인간이 다다를 수 없는 이상을 대상화한 것이 아닐 까 하는.

신의 목소리가 더 이상 들리지 않고, 과연 신이 있기는 한 건 지 모르겠다는 두 수도자의 고뇌와 그들도 인간이기에 '어쩔 수 없었던' 과거의 회한이 눈물겨운 건 어느 공동체에 속해 살든 인 간이란 누구나 닮은 감정을 극복하며 살고 있다는 연대를 체험 하기 때문일 것이다. 선택하고, 살아내고, 후회하고, 외롭고, 불 확신으로 흔들리게 마련인 생명체로서의 연대.

한때의 신념이 희미해지는 기로에 와 분열하면서도 어떻게 든 밝은 곳을 더듬어 앞으로 나아가려는 두 수도자의 의지와 여 정을 지켜보고 있자니 내 마음에도 그들의 세계를 향한 온기가 깃들고 있었다. 종교를 배경으로 한 영화가 종교를 부정하는 내게 악수를 건넨 방식은 두 사제의 번민과 회한을 진솔하게 그려 낸 인간미였다. 엔딩 크레딧이 올라올 즈음엔 내 마음속 샘에 웅크리고 있던 추가 움찔움찔 들려 올라가고 있었다. 바티칸에서 떨어져 내렸던 환멸의 추가.

피트니스 센터 휴게실에서 잠시 쉬면서 책을 보고 있을 때였다. 누군가 말을 걸어왔다. "한국 사람이세요?" 고개를 들어보니 내게는 어머니뻘쯤 되는 여자분이 서 있었다. 내가 읽고 있는 책 표지에 한국어가 적혀 있어서 반가운 마음에 말을 붙였다고 했다. 이민자의 나라라지만 이 동네는 한국 사람 만나기 쉽지 않은 곳이라서 아주머니와 나는 곧 세대 차를 넘어선 친구가 됐다.

아주머니는 미국 사람과 국제결혼한 케이스로 미국에 오게 됐고, 이후 반세기 넘도록 이 지역에 살며 두 아들을 키워낸 분이었다. 큰아들이 나와 비슷한 또래라 했다. 세대를 달리하지만 나도 이곳에서 아들 둘을 키우는 입장이라 아주머니에게 배울 점도, 귀 기울여 들어둘 만한 이야기도 있었다. 아주머니의 아들들은 지역 내 학군 안에서 모범생으로 반듯하게 잘 자라 소위 명문대학이라고 알려진 학교를 졸업했고, 현재 수입이 좋은 직업을 가진 사회인들이었다.

그러나 아주머니에게 호감을 갖게 된 계기는 따로 있었다. 연령대와 상관없이 친구가 되기 위해서는 이른바 '코드'라는 것이 어느 정도 맞아야 하는데, 아무리 배울 점이 있다 해도 코드가 엇나가 있으면 친해지기가 어려운 법이다.

만난 지 얼마 되지 않았을 때였다. 미국인 남편과 어떻게 만나 부부의 연을 맺게 된 건지 아주머니에게 여쭤봤다. 아주머니는 젊은 시절 주한미군 부대의 타이프라이터로 근무했는데, 그곳에 훤칠하고 잘생긴 미군 장교가 있었다. 그 장교가 워낙 호남이라 여자 직원들의 관심을 끌 수밖에 없었고, 그러다 보니 미국에 있는 여자친구가 하버드대학에 다니는 학생이라는 정보까지 돌았다. 그걸 알고 나자 아주머니는 그 장교에게 더 강렬한 호감을 품게 되었다. 여자친구가 하버드에 다닐 정도면 본인도 엄청 잘난 남자일 거라는 아주머니의 추측은 정확했다. 장교 역시 하버드 출신이었다. 아주머니가 배시시 웃으며 말했다.

"그래서 작정하고 꼬셨지 내가. 학벌만 좋았지 돈은 별로 없는 집안 출신인지도 모르고."

나는 아주머니의 솔직함이 마음에 들어 박장대소했고, 아주머니에게 마음을 확 놓아버렸다. 연애를 하게 된 경위에서 내비쳤듯 아주머니는 속을 감추지 않는 성격이었고, 동시에 정도 많아 가끔씩 만나 차를 마시며 이야기를 나누면 재미도 있었다.

　아주머니는 며느리도 둘을 두었는데, 그중 큰며느리 이야기하는 걸 유독 좋아했다. 큰며느리가 나와 같은 연령대라 고부관계에서의 난제 같은 것을 풀기 위해 내 의견을 참고하고 싶어하는 눈치였다. 한동안은 나도 기꺼이 아주머니의 고민을 들어주고 며느리와 좋은 관계를 유지하는 데 도움 되는 팁 같은 걸 드리는 데 성의를 아끼지 않았다.

　그런데 차츰차츰 그 화제로 대화를 나누면 나눌수록 덜그럭거리는 감정이 불거지기 시작했다. 나중에는 눈덩이처럼 커져가는 불편함을 참는 게 부담이 되어 아주머니를 만나는 시간이 괴로워지기까지 했다. 아들 가진 어머니들은 일정 연령대가 되면 온 신경이 며느리에 꽂히는 것일까. 만나는 횟수가 거듭될수록 아주머니의 큰며느리를 화제로 한 대화의 비중이 전체 시간의 큰 덩어리를 차지하게 되었고, 흥미가 없어진 재료로 엮어가는 사교가 늘 그렇듯 나는 진이 빠져갔다. 나 역시 아주머니의 큰며느리와 같은 세대의 며느리 입장이다 보니 어떤 땐 아주머니의 입장을 듣고 있는 것 자체가 일종의 분노를 일으키기도 했다.

거기다가 몇 가지 시각 차이까지 겹치니 황당해하는 나의 내심을 감추는 것도 고역이었다. 고부간이라는 각자의 입장 차이, 세대 차이, 미국인 며느리와 한국인 시어머니의 정서 차이까지 차곡차곡 포개져 있는 경우였다. 사실 그것들은 모두 그물처럼 엮인 문제이기도 했다. 아주머니가 기억하는 한국적 고부간 관습은 이제 한국에서조차 더 이상 통용되지 않는 경우가 많았다. 그러니 뉴요커로 자란 백인 며느리가 납득할 리 만무했다. 이민 생활을 오래 하다 보면 한국적 정서나 문화에 관한 사고체계가 자신이 모국을 떠나온 시간에 박제된 경우가 많은데 아주머니가 딱 그런 케이스였다.

아주머니가 며느리에게 요구했다가 거절당했다며 속상해하는 경우 가운데 이런 예가 있었다. 아들이 싱글일 때는 매달 꼬박꼬박 어머니에게 용돈을 줬는데 결혼하고 나더니 안 하더라, 뼈 빠지게 키운 아들이니 보상받고 싶다, 며느리 네가 좀 챙겨다오, 하는 식. 들은 척도 안 하더라고 며느리를 흉보며 아주머니가 덧붙였다.

"아니, 그 돈 받으면 내가 어디 한 푼이라도 쓰는 줄 아나? 하나도 안 쓰고 차곡차곡 모아서 지들 집 넓혀갈 때나 차 바꿀 때 보태줄 텐데!"

그때는 정말이지 입이 딱 벌어질 지경이었다. 당당하게 용돈을 청구할 시 애용되는 한국형 시부모의 전매특허 계산법이 바다 건너 미국에 와 닿을 줄이야. 결국 나는 못 참고 한마디 했다.

"아니 어차피 돌려주실 돈으로 계산했으면 애당초 받을 생각도 안 하시는 게 간단하잖아요!"

나로서는 참다못해 핀잔을 쏟아내버린 건데 아주머니의 반응이 의외였다. 아주머니는 내 말에 잠시 멍한 표정을 짓고 있더니 돌연 현자의 눈빛을 발사했다. 중대한 깨달음이라도 얻은 듯.

"세상에! 역시 젊은 사람들이랑 자꾸 만나 얘기를 들어봐야 한다니까. 난 그런 생각은 꿈에도 하질 못했어!"

몹시 당황스러웠다. 아주머니가 내 말을 그토록 쉽게 받아들이니 어안이 벙벙했다. 분위기가 냉랭해질 것을 각오하고 한 말인데 아주머니가 단박에 설득이 되니 이어 덧붙이려고 생각해 두었던 말이 쑥 들어가버렸다. 혹시 아주머니의 반박이 들어오면 이렇게 대적할 작정이었다.

'아들네한테 용돈 받는 대우도 원하시고, 아들네 목돈 쓸 일 있을 때 돈 쥐어주며 폼도 잡고 싶으시고. 그 두 가지 기분을 다 채우고 싶어서 지금 그렇게 안달하시는 거잖아요. 그 욕심만 버리면 아무 문제가 없는 건데.'

그러나 아주머니가 스펀지 같은 흡수력으로 내 말을 신봉해버렸기 때문에 더 길게 말할 필요는 없었다. 아무려나, 타인의 직설을 불쾌해하지 않고 받아들이는 개방적 태도는 분명 아주머니의 장점이었다. 그렇다고는 해도, 아주머니에게 짜증이 나기 시작한 내 심리적 갈등을 해소해줄 정도는 아니었다. 아주머니가 그 이후 나와 더욱더 자주 만나며 그런 종류의 이야기를 '더욱더 자주 하고 싶어' 하게 되었으니 말이다. 명분은 나를 통해 세대 차를 극복하는 법을 배우고 싶다는 것인데, 아무리 나를 며느리 세대의 여자들을 대변하는 멘토로 치켜세워준다 한들 그 집 며느리 화제가 끝을 모르고 지분을 넓혀가는 상황이 내게 재미있을 리는 만무했다.

만날 때마다 며느리 얘기가 대화를 점령하게 되자 나는 아주머니와 마주치는 걸 피하기 위해 피트니스 센터에 드나드는 시간대를 바꿔버렸다. 커피를 마시자는 아주머니의 초대에도 거절 핑계를 궁리하느라 전전긍긍하게 되었다. 내 태도를 눈치채지 못할 정도로 레이다가 성근 건 아니었는지, 아주머니도 더는 손을 내밀지 않게 되었다. 나이를 초월한 우정이 무색해져버린 것이다. 오다가다 아주머니를 만나면 간단한 잡담이야 나누겠지만 일부러 만나지는 않게 될 만큼 거리가 생성됐다.

사람과의 간격이 넓은 객지에서 만난 인연을 윤택하게 닦아나가지 못한 내가 쌀쌀맞은 건가 싶어서 일말의 자괴감과 죄책감도 들었다. 죄책감이란 이 경우, 건방진 감정이라고 볼 수도 있다. 훨씬 더 오래 한국말 수다를 그리워하고 살았을 누군가를 그나마 덜 아쉬운 입장에서 상대해주고 있다는 '갑의 심리'에서 나오는 감정이니까.

그렇긴 해도 아주머니를 견뎌내지 못한 내 각박한 심리의 저변을 헤집어본 건 미안한 마음이 들었기 때문이다. 역시나 내 마음 깊숙한 곳에, 아주머니를 그만 보고 싶었던 심리의 윤곽이 그려져 있었다. 윤곽의 실체는 두려움이었다. 마음 둘 곳 없는 타지에서 가족에만 매달려 살다가 고착된 아주머니의 캐릭터가 내 경계심을 자극했다. 아주머니의 현재 모습이 미래의 내 모습이면 어쩌나 싶어 피하고 싶었다. 지인과의 교분을 가위질하듯 잘라낸 냉정함이 어떤 내심에서 기인했는지를 파악하고 나자 쓸쓸함이 밀려왔다. 아주머니에게도, 자칫 아주머니의 복사판이 될 수도 있는 내 처지에도 연민을 가질 수밖에 없는 고약한 쓸쓸함이었다.

~~~~~~

1

다섯 살 때쯤, 내가 살던 곳은 건물 수가 전부 열 동인 5층 아파트였고, 우리 집은 도로 쪽에 면한 동의 5층에 있었다. 베란다에서 길 건너편 버스 정류장이 보였고, 아빠는 거기서 버스를 타고 출근했다. 아침마다 나와 동생은 아빠가 집을 나서자마자 베란다로 달려갔다. 난간에 이마를 대고 아빠가 버스 정류장에 나타나기를 기다리는 것이다. 엄마는 그때를 틈타 밥을 비벼가지고 와서 나와 동생의 입에 번갈아가며 한 숟갈씩 떠 넣었다. 우리는 밥을 오물거리다가 정류장에 아빠가 나타나면 동네가 떠나가라 소리를 질렀다.

"아빠, 아빠, 안녕! 아빠, 아빠, 잘 갔다 와!"

아빠는 우리에게 손을 흔들어주기도 하고 고개를 끄덕여 보이기도 했는데, 그러면 버스 정류장에 서 있던 사람들이 킥킥 웃었다. 그러던 어느 날 엄마가 우리에게 소리치는 걸 금지시켰다. 아침마다 정류장의 구경거리가 되는 걸 견딜 수 없던 아빠가 간절히 부탁한 결과였다. 아빠를 부르고, 아빠가 멀리서 우리에게 화답해주는 걸 못 하게 되자 소풍은 재미없어졌다. 베란다 아침 식사는 시들해지고 말았다.

2

중학교 때 살던 집에는 잔디 깔린 마당이 있었다. 내 방 창에는 바깥쪽으로 돌출된 형태로 화분 따위를 놓게 턱 같은 것이 있었고, 나는 침대에 누워 그 창턱에다 발꿈치를 올려놓고 있기를 즐겼다. 그러고 있으면 창밖으로 보이는 건 하늘밖에 없었다. 그 자세로 '시인과촌장'이나 '어떤날'을 들었다. 〈풍경〉이나 〈오후만 있던 일요〉 같은 곡이 방 안에 흐르면 근원을 알 수 없는 까칠함과 증오, 괜히 죽어버리고 싶은 마음 같은 것들이 잦아들곤 했다.

3

이십 대 때 프랑스의 지방 도시에서 하숙을 한 적이 있다. 지금처럼 사월일 때 그 집에 들어갔는데, 불어도 잘 못 하고 난생처음 남의집살이를 해보는 거라 저녁 무렵만 되면 무턱대고 서러웠다. 방에 틀어박혀 초콜릿을 먹는 게 낙이었다. 그러다가 답답해지면 침대 위로 올라서서 경사 지붕 벽에 난 창으로 고개를 내밀었다. 밖에서 보면 어떤 집 지붕 위로 머리 하나가 나온 모양새. 밖은 늘 고즈넉했고, 사방은 전부 다홍빛 지붕이었으며, 간간이 비둘기가 날아다녔다.

4

파리에서 살던 스튜디오형 아파트 창밖으로는 가로수가 늘어서 있었다. 가로수 너머에는 지하철이 지나다녔다. 철로가 외부로 나오는 곳에 있던 아파트라 상태가 양호한데도 월세가 쌌다. 소음 때문이라지만 나는 지하철 지나가는 소리가 싫지 않았다. 밤에 불을 끄고 누워 있으면 환한 지하철이 지나갈 때마다 내 방 벽에 가로수 그림자가 찍혔다가 사라지곤 했다. 깨어 움직이는 도시의 표정과 소리에 위로받으며 잠들던 시절이었다.

지금 사는 집의 창. 침실 바깥으로 보이는 나무들 사이로 사계가 오고 또 간다. 이 창의 어떤 표정이 기억에 저장될지 지금은 모르겠다. 늘 지나간 뒤에야 알게 된다. 남아 있을 것들에 대해서는.

~~~~~~

이 책에 실린 글들에 어떤 태그를 붙여줄지 고민했다. 흐름을 타면 에세이고, 문학 장르로 대우해주면 수필이며, 거칠게 표현하자면 잡글이라고도 할 수 있겠는데, 그 말이 그 말이긴 하다. 그럼에도 그중 하나를 소환하기는 망설여진 것이, 각각의 어휘에서 풍기는 경쾌하거나 고전적이거나 노골적인 느낌이 미리 불필요한 인상을 얹어놓는 것 같아서였다. 글을 모아놓고 파일명을 적어 넣으려는데 다행히 '산문'이라는 말이 떠올랐고, 그러자 머릿속이 환해졌다. 산문. 아무런 인상도 묻어나지 않는 담백한 단어였다. 나는 파일에 '홍예진 산문'이라는 이름을 붙였다.

사람과 주변에 오래 시선을 두고 촘촘하게 관찰하는 편인데,

이런 성정을 가진 것에 얼마쯤 주눅이 들어 있었다. 남들이 무심히 흘려보내는 것들을 곱씹고 들여다보는 습관은 신경증적이고 쓸데없는 것으로 치부되기 마련이었다. 세상의 중심축 주변에서 움직이는 사람들은 효용이 큰 선명하고 굵직한 화제를 선호하는 듯 보였다. 디테일을 피곤해하는 이들을 접하면 잔가지 많은 내 의식의 방에 불을 켜주기가 힘들었다.

상투적이게도, 글이 나를 구원했다. 실은 세상의 표준처럼 보이기 위해 예민한 기질을 감추려고 무진 노력하고 있었는데, 글을 쓸 때만큼은 그러지 않아도 되니 긴장을 풀 수 있었다. 상념을 마음껏 놀게 내버려두고, 그것을 언어로 스케치하는 과정에서 나는 나에게 점수를 줄 수 있게 됐다. 무수히 뻗어 나오는 잔가지들이 오롯이 내 방식의 문장이 되는 걸 지켜보면서, 이전에는 대접해주지 못했던 내 성향과 화해하게 되었다.

그동안 주로 소설을 썼는데, 만들어낸 인물들이 이야기를 꾸려가는 소설과 달리 이 책 속에서는 실제 인물들이 무대에 올라와 있다. 현실이기에 가공할 수 없었고, 주관과 감정을 배제해 적어나가려 했다. 글을 다 모아놓고 보니, 미화할 의도가 없었는데도 사람이 살아가는 모습과 사연과 배경은 그 자체로 다채롭고 따뜻하며 더러는 뾰족하긴 해도 동시에 애처롭다고 느껴진다. 예전에도 그랬고 지금도 그렇고 아마 앞으로도 그렇겠지만,

주변에서 피고 지는 많은 일에 오래 시선을 두는 성향은 좀처럼
바뀌지 않을 것이다. 그 성향이 싫지 않아졌기에 더 확실해졌다.
사랑하고 있다는 걸 깨달은 순간 더 사랑하게 되는 이치라고 해
두자. 이 책 안에 묶인 글을 쓰고 정리하면서 내가 사람이라는
존재를 퍽 좋아하고 있다는 걸 깨달았으니, 이 책을 세상에 내놓
는 이 시점에는 아마 나도 '쬐끔'은 더 낙관적인 사람이 되지 않
았을까. 일단 그렇게 믿고 싶다. 지금은 기쁘니까.